Morgenstund
mit Blei im Mund

Als Chef der Kriminalpolizei von Pizzapiccola muss man die Ruhe und Nervenstärke eines Sessles besitzen.

Der muss nämlich auch mit jedem Arsch klarkommen!

Capitano

Rudi Hans Böhret

Morgenstund
mit Blei im Mund

Bibliografische Information der deutschen Nationalbibliothek
Die deutsche Nationalbibliothek verzeichnet diese Publikation in der
Deutschen Nationalbibliografie; detaillierte bibliografische Daten sind
im Internet über http://dnb.d-nb.de abrufbar.

Gesamtherstellung:
Herstellung und Verlag:
BoD - Books on Demand, Norderstedt
Umschlaggestaltung: Rudi Hans Böhret
Titelgrafiken: pixabay.de
Lektorat: Tobias Bumm

ISBN 978-3-7494-8267-2

Voraus-Geschwätz

Lieber Buch-Erwerber,

ich gratuliere Ihnen, denn Sie zählen ab sofort zu den 5,49 Prozent der lesekundigen deutschen Ureinwohner, die für schwarzen Humor, Satire und sonstige Frechheiten auch noch den letzten Cent opfern würden.

Sollten Sie zudem in der Lage sein, die kriminellen Berufserfahrungen meines Capitano Giuseppe Caldofredo auch noch geistig aufnehmen und verarbeiten zu können, reduziert sich vorgenannter Prozentsatz nochmals auf bescheidene 3,274 Prozent. Aber damit gehören Sie dann auch zu den Privilegierten dieses Genres. Loriot, Kishon, Hildebrandt, Manzoni, Manfred Schmidt und noch wenige andere würden sich bestimmt aufrichtig für Ihr Interesse an dieser Art Belletristik bedanken.

Und ich ganz persönlich danke Ihnen, dass Sie auf diese Weise mein karges Taschengeld wenigstens etwas aufbessern. Falls es mir über kurz oder lang gelingt, auch noch einen vierten Band mit Seppes Erlebnissen in Taschenbuchform zu bringen, wäre ich glücklich, wenn dann auch dieser einen Lieblingsplatz in Ihrem Bücher-Regal finden könnte.

Ihr ergebenster
Rudi Hans Böhret

Die Hobbys und Leidenschaften des Capitano Caldofredo haben sich seit seinen bisherigen Kriminalfällen nicht geändert, sodass auch der Umschlag des letzten Buches noch seine Gültigkeit besitzt.

Inhaltsschweres

Der Autor

Rudi Hans Böhret

genießt sein „zweites Leben" als (Un-)Ruheständler völlig smartphone-fummelfrei genauso entspannt wie kreativ in der Drei-Flüsse-Stadt Bad Friedrichshall.

Neben seinem Hauptberuf eine jahrzehntelange erfolgreiche künstlerische Karriere als Maler, Karikaturist, Fotograf skurriler Schnappschüsse, Songtexter. Autor von fünfzehn heiter-satirischen Taschenbüchern unterschiedlichster Genres.

Achtzig Ausstellungen – unter anderem gemeinsam mit Udo Lindenbergs Likörellen und Heiko Sakurais preisgekrönten politischen Karikaturen.

Er verfügt über ein schier unerschöpfliches Reservoir an Humor und zündenden Ideen. Bereits in Jugendjahren Mitglied des Kabaretts „Die Mittelreifen". Mitwirkung bei den „Strudelliteraten", einer Vereinigung von Literaturschaffenden.

Nebenberuflich jahrelang Inhaber einer florierenden Gastspieldirektion.

Zahlreiche Promis aus Politik, Sport, Medien und Gesellschaft dürfen sich aktuell an Böhrets liebevollen „Über-Zeichnungen" erfreuen; ihre Dankschreiben erfüllen den Autodidakten mit Stolz.

Auch ohne zusätzliche Aufzählung seiner breit gefächerten Hobbys zweifelt man keinen Augenblick an seiner Behauptung, dass man aus seinem Leben problemlos mindestens drei Normalbürger schnitzen könnte.

Windhund, Pudel, Mops –
und DU gehst hops!

Es ist bestimmt reiner Zufall, dass die blonde Alessa, die brünette Brunetta und die schwarzhaarige Clarissa die ersten drei Buchstaben des Alphabets in ihren Vornamen tragen. Allerdings gehören sie demselben Jahrgang 1985 an und sind seit dem Kindergarten dickste Freundinnen. Wobei der Begriff Freundinnen wahrlich untertrieben ist. Wie Winnetou und Old Shatterhand sich lebenslange Blutsbrüderschaft schworen, kann man davon ausgehen, dass das weibliche Trio analog dazu Blutsschwestern sind. Eine für alle – alle für eine. Immer füreinander da, in guten wie in schlechten Zeiten. Keine Geheimnisse voreinander und uneingeschränkte Bereitschaft, alles schwesterlich zu teilen.

Sogar ihr erstes Auto hatten sie gemeinsam erworben und sie bevorzugen denselben Lippenstift und dieselben Tampons. Im Urlaub zieht es sie bikini-identisch ans Meer und sportlich kämpfen sie in derselben Handballmannschaft. Lediglich bei ihren geliebten Vierbeinern haben sie völlig unterschiedliche Vorstellungen.

Während Alessa sich für einen rassigen Windhund mit Stammbaum entschied, begeisterten sich Brunetta und Clarissa eher für einen begossenen Pudel beziehungsweise dümmlichen Mops.

Ganz pauschal kann man sagen, dass die drei jungen Signorinas zum Schönsten gehören, was Pizzapiccola aufzubieten hat. Nun mag dies nicht besonders schwer sein bei einem Ort dieser Größenordnung, der erst ab 1.000 Gemeindegliedern die Bezeichnung „Stadt" führen darf.

Auf jeden Fall hat sich aber schon mancher der männlichen Mitbewohner einen steifen Hals geholt, weil das ständige Umdrehen nach dem hübschen Trio durchaus solche Beschwerden auslösen kann. Selbst der in Frauenangelegenheiten erfahrene und vielfach ausgezeichnete Capitano Caldofredo kann ein Lied davon singen. Und so schlingt er ganz automatisch beim Anblick der ABCs eine neue Krawatte um seinen dienstlichen Nacken. Wenn er seine bescheidene After-Work-Auszeit bei „Da Umberto" inklusive einem Liter Montepulciano d.o.c.g. Jahrgang 1934 genießt, kann es durchaus sein, dass er die Ladys im Dreierpack auf ein Gläschen an seinen Tisch einlädt. Gerade auch sein außergewöhnlicher Charme mag dafür verantwortlich sein, dass sich bisher keine dieser Grazien für ein männliches Wesen entscheiden konnte. Schließlich müsste der Junker ja allen drei zusagen.

An diesem sonnengefluteten Freitagabend führten Alessa, Brunetta und Clarissa wieder ihre allerliebsten Hündchen Gassi. In der Nähe des Sportplatzes, wo gerade die dörfliche Fußballmannschaft trainierte. Nachdem auf dem Polizeirevier von Pizzapiccola sowieso alles nach seiner Pfeife zu tanzen hat, erklärte sich der Polizeichef gerne bereit, als Schiedsrichter zu fungieren. Weil aber sämtliche Spieler sowieso nur Augen für die drei Hübschen hatten, war Seppe arbeitslos. Er winkte den Hundeführerinnen kurz zu und verhängte gegen beide Mannschaften einen Strafstoß wegen Disziplinlosigkeit.

Die ABC-Damen hatten soeben das Sportheim, in dem sich auch die Umkleidekabinen befanden, umrundet, als hinter ihnen plötzlich ein mittelalterlicher, ungepflegter Mann auftauchte und ohne Vorwarnung die blonde Alessa am Arm mit sich ziehen wollte.

„Komm mit, mein Täubchen, auf dich bin ich schon lange scharf", zischte der Fremde, wobei er an seinen Worten lutschte wie an einem Salbei-Bonbon von Ricola. „Und schick die anderen Schicksen weg, wir brauchen schließlich keine Beischlaf-Zuschauer!"

„Lassen Sie Ihre dreckigen Finger und auch alles andere von unserer Freundin. Und selbst wenn: Entweder alle drei oder gar keine. Comprendere?", entgegnete ihm mutig Clarissa.

Der Typ war ihnen total unbekannt. Vermutlich kam er auf normalem Wege an keine Frau ran und er versuchte immer noch, die Auserwählte ins nächste Gebüsch zu werfen. Inzwischen fing jedoch Alessas Windhund Toro del Paco schon bedrohlich an zu knurren und die frisch polierten Zähne zu fletschen.

„Toro, lauf schnell und hol Hilfe", schrie ihm seine Herrin zu. Das ließ sich der Spurtschnelle nicht zweimal sagen und er rannte im ICE-Tempo zum Capitano, der immer noch mit der Spielleitung beschäftigt war. Der windige Reinrassige machte sich durch einen Biss in seine Dienstwade bemerkbar und zerrte ihn zum Schauplatz der beabsichtigten Vergewaltigung.

Alessia hatte sich inzwischen befreien können und strich ihrem treuen Hund lobend übers Fell. Dann stellte sie sich wieder zu ihren beiden Freundinnen.

Es war ein illustrer Anblick: Drei junge, hübsche Frauen mit ihren so unterschiedlichen Hundelieblingen in einer Reihe korrekt alphabetisch angetreten und an letzter Stelle der gerade noch rechtzeitig verhinderte „Liebhaber".

„Du hast anscheinend noch nichts von unserer örtlichen Aktion gehört, sagte der Polizeichef mit einer Stimme, die an fernes Donnergrollen erinnerte. Dabei zog er seine riesige Dienstwaffe, die er immer bei sich trägt, aus der linken Hosentasche und entsicherte sie weithin hörbar. „Dann muss ich dich leider etwas einschüchtern, und zwar nach meiner nachhaltigen Methode."

Vor dem Quartett stehend wie ein Hinrichtungskommando vor dem Delinquenten, begann er wie beim einem Kinderabzählreim von links nach rechts zu zählen: „Windhund, Pudel, Mops – und DU gehst hops!"

Bei „hops" zielte die großkalibrige Beretta genau auf den Körper des Casanovas. Ein Knall, bei dem sämtliche Vögel der Umgebung vor Schreck aus ihrem Nest fielen, und bei dem Beinahe-Täter färbte sich der Unterleib auf 0,7 Quadratmeter blutrot. Ein letztes Mal knirschte er noch mit einem schleimigen Grinsen mit den Zähnen und hauchte sein noch unwürdiges Leben mit so heftigem Mundgeruch aus, dass Giuseppe fast ohnmächtig geworden wäre. Gegen 98 Bleikügelchen in engem Radius war nun mal kein Kraut gewachsen.

Der Kripo-Chef aber entnahm seiner Gesäßtasche einen hübsch gedruckten Flyer und legte ihn auf dem Bauch des Tatverhinderten exakt zwischen Leber, Galle, Milz und Harnleiter ab. Darauf stand zu lesen: „Wir lieben unser Dorf. Ganz sicher!"

Blaue Pille und Glasauge
auf Privat-Rezept

Dottore Carne in Brodo ist Arzt aus und mit Leiden-schaft. Obwohl er bereits neunundsechzig Lenze zählt, nimmt er besonders Untersuchungen bei appetitlichen Patientinnen sehr genau. Aus diesem Grund harmoniert er auch besonders gut mit dem Polizeichef von Pizzapic-cola, Giuseppe Caldofredo, den er bereits seit dessen Kindheit ärztlich betreute.

Als an diesem trüben Aprilvormittag die Sprechstun-denhilfe mit dem Ruf „Der Nächste bitte!" ins Wartezim-mer trat, schauten alle Anwesenden hoffnungsvoll auf.

Romeo Macchina, Klodeckelfabrikant en gros im Ruhe-stand, folgte ihr als der Auerwählte ins Sprechzimmer.

„Dottore, ich habe ein unaufschiebbares Problem. Über das soziale Netzwerk „Twitter" habe ich ein Date ausgemacht mit einer 30-Jährigen und ich treffe mich heute Abend mit ihr in Umbertos Pizzeria. Ich habe ihr mein wahres Alter verschwiegen und sie erwartet natür-lich zum würdigen Abschluss des Treffens ausgiebigen Sex. Vor allem bei meinem Vornamen. Du musst mir also etwas verschreiben. Da gibt es doch so eine blaue Pille, die Wunder bewirken soll – egal, in welchem Alter."

„Mamma mia, Romeo, jetzt kommst du auch noch da-mit. Neulich war schon Don Camillo bei mir und hat sich ganz allgemein nach Ursache und Wirkung erkundigt. Heiliges Kanonenrohr! Aber du musst aufpassen. Nur eine Pille pro Einsatz. Sonst kriegen sie nachher deinen Sarg-deckel nicht zu.

Weißt du übrigens, dass Viagra in Polen verboten ist? Weil dort alles, was länger als zehn Minuten steht, gestohlen wird!

Also gut, ich verschreibe dir zehn der Aufstehhilfen. Geht aber nur auf Privatrezept."

„Mille grazie, Carne. Und ich berichte dir auch, wie alles gelaufen ist."

Romeo Macchina schickte seinen dreijährigen Sohn mit dem Rezept in die Apotheke und ließ sich von seiner treuen Ehegattin an seiner besten Jeans messerscharfe Falten aufbügeln, bevor sie ihre üblichen Haushaltsaufgaben erledigte, rasierte penibel sämtliche Bart- und Körperhaare ab und versprühte einen halben Liter „Pronto, Pronto" auf sämtlichen Bodyoberflächen. Derart hingerichtet, setzte er sich – wie verabredet – mit seiner Gitarre bei Umberto an den hintersten Tisch, von wo er die eintretenden Gäste am besten beobachten konnte. Und da erschien sie: Er konnte nicht anders und griff in die Saiten seines Holzinstrumentes. Bei „O mia bella Napoli" schritt sie auf ihn zu, fiel ihm um den Hals und setzte sich derart miniberockt auf seinen Schoß, dass sein Blutdruck auf zirka 238 emporkletterte.

„Du musst Romeo sein, denn ich bin die Julia, und wir sind für heute Nacht verabredet. Stimmt`s?"

Als Romeo endlich seinen Atemstillstand überwunden hatte, winkte er Umberto herbei und bestellte für sich und Julia Pasta a la casa und zwei Liter Vino Bianco.

Sie unterhielten sich auf Anhieb sehr angeregt und die Chemie zwischen ihnen begann zu brodeln. Als das Nudelgericht auf den Tisch kam, fiel Romeo vor lauter Aufregung die eigentlich für später reservierte blaue Pille mitten in

die Sauce Bolognese, wo sie sich unwiederbringlich auflöste. Mit dem Effekt, dass sich die Spaghetti unverzüglich
senkrecht aufrichteten, sodass sie weder mit Löffel, Gabel oder Messer zu bändigen waren. Das Problem dabei
war nur, dass sich Romeo entsprechend des Rates seines
Arztes lediglich eine der Pillen eingesteckt hatte. Und so
verlief der Rest des Abends ziemlich lustlos und schlaff.
Obwohl er seiner Gitarre den tollsten Minnegesang entlockte, war Julia doch aus schärferen Erwägungen mit auf
das eigens reservierte Hotelzimmer gekommen. In ihrer
Enttäuschung, die durch den reichlichen Weingenuss noch
gesteigert wurde, hieb sie dem sexuntauglichen Romeo
seine Saitenmusi so hartnäckig über den Schädel, dass
dieser selbst jetzt ohne die geringsten Körperzuckungen
seinen eh bescheidenen Geist aufgab. Der eiligst herbei-
zitierte Kripochef nahm die voll geständige Julia Prostata
ohne jeglichen Widerstand fest.

Am nächsten Tag las auch Dottore Carne in Brodo in
der sizilianischen BILD-Ausgabe von dem genauso vergeb-
lichen wie todbringenden Liebeswerben seines Patienten
und er schwor sich, ab sofort nur noch weiße, grüne und
rote Pillen zu verschreiben.

Dafür erschien am nächsten Vormittag in Person des
Giovanni Occhio ein weiterer Problemfall. Denn dieser
Abonnementspatient war stolzer Besitzer eines linksseiti-
gen Glasauges und benötigte dafür regelmäßig verschrei-
bungspflichtigen Sidolin-Glasreiniger sowie Kukident extra für exakten Sitz.

Mit einem Lächeln des rechten − und echten − Hin-
guckers erzählte er immer wieder seine Story, wie er im
vorderen Teil des Busses sein Kunstauge herausnehme, es

in die Luft werfe und wieder auffange. Auf die Frage der Mitfahrenden, was er denn da veranstalte, käme dann immer seine treffende Antwort: „Ich schaue nur, ob weiter hinten noch ein Plätzchen für mich frei ist."

Die attraktive Sprechstundenhilfe Andreadoria schloss schon in weiser Voraussicht sämtliche Blusenknöpfe, als sie Giovanni Occhio ins Sprechzimmer begleitete, denn der Galan leistete sich gerne den Gag, sein Auge „versehentlich" in ihren Ausschnitt fallen zu lassen. Nur um angeblich zu sehen, wie es um ihren geschwollenen Blinddarm bestellt sei.

„Was kann ich heute für Sie tun, Signore?" lehnte sich der Dorf-Hausarzt in seinem bequemen Ohrensessel zurück.

„Dottore, ich möchte endlich wieder auf beiden Augen klar sehen können. Gibt es eine Chance für mich?"

„Die gibt es bei der heutigen Entwicklung in der modernen Medizin durchaus. Sobald Sie einen Spender finden, der Ihnen ein Auge opfert, kann ein erfahrener Chirurg dies ohne weiteres transplantieren."

Froh gestimmt verließ Giovanni Occhio den „Arzt für alle Fälle", nicht ohne im Vorzimmer noch sein fremd gegangenes Glasauge umständlich aus der tiefen Tasche der Kittelschürze bei Signorina Andreadoria zu kramen.

Auf der Heimfahrt wurde sein Fiat 500 schnittig von einem Porsche 911 überholt. So schnittig, dass er den Wagen ein paar Kilometer weiter wieder traf. Diesmal aber als demoliertes Vehikel um einen Baum gewickelt. Auch von dem Mann am Lenkrad waren nur noch wenige Teile heil.

Der halbgläserne Occhio witterte sofort seine Chance, zückte sein Taschenmesser und klaute dem tödlich Verunglückten in einer Spontan-Operation das linke Auge. Stattdessen überließ er ihm großzügig das seine in Glasausführung.

Sofort raste er einäugig in die Augenklinik der Kreisstadt Cefalù, wo man ihm anstandslos das angelieferte Sehorgan einpflanzte.

Als bereits am nächsten Tag der Verband entfernt wurde, stellte Giovanni Occhio selig vor Glück fest, dass er wieder beidseitig sehen konnte. Man brachte ihm die Tageszeitung, wo auf der Titelseite als Aufmacher zu lesen stand: „Porschefahrer gestern wegen überhöhter Geschwindigkeit tödlich verunglückt. Ursache ist vermutlich darin zu suchen, dass der Getötete zwei Glasaugen trug.

Der sofort mit den Ermittlungen beauftragte Capitano Giuseppe Caldofredo konnte am linken Auge Fingerabdrücke feststellen, die nicht dem Verunglückten zuzuordnen waren. Nachforschungen in der Augenklinik von Cefalù ergaben, dass der dort frisch operierte Giovanni Occhio ursprünglicher Besitzer dieses Auges war. Um einer empfindlichen Bestrafung zu umgehen, wurde dieser dazu überredet, das echte – widerrechtlich erworbene – Auge wieder herauszurücken und durch sein Glasauge zu ersetzen.

Daraufhin weinte Occhio tagelang bittere Tränen, jedoch wie früher technisch bedingt auch nur mit dem rechten Auge.

Lügen haben kurze Beine,
Killer manchmal lange

Man kann Tacca Mammamia bestimmt einiges nachsagen, aber eines bestimmt nicht: dass sie ein unansehnliches Mädchen sei.

Im Gegenteil. Sie ist in höchstem Maße tageslichttauglich, auch wenn Sie ihre Jobs normalerweise des Nachts verrichtet. Ihre freiberuflichen und gewerbsteuerpflichtigen Aktivitäten in Palermo garantieren ihr neben einem Lamborghini Quattro Coupè diverse Nerze und Klunker aller Art. Und es vergeht keine Woche, in der sie nicht – nebenbei – einen lukrativen Heiratsantrag von diversen hochrangigen Politikern, Künstlern oder Geschäftsreisenden bekäme.

Aber sie hat einfach keine Lust, sich bereits mit 27 Jahren an   e i n e n   Mann fesseln zu lassen. Man würde bestimmt auch später ihrem vierzigjährigen makellosen Leib noch zu Füßen liegen und ihre routinierten Dienste zu schätzen wissen. Zumal sie neben ihren amourösen Qualitäten auch noch einen lukrativen Nebenjob in einschlägigen Netzwerken anonym unter einem Pseudonym anpreist: Hops auf Bestellung!

„Bereitet Partner ein Problem,
Sonja löst dies höchst bequem!"

Das Erstaunlichste dabei: Noch nie gelang es bisher, ihr auch nur das Geringste nachzuweisen. Ihre Alibis sind sozusagen hieb- und stichfest. Wer würde beispielsweise auch ihre Einladung zum Dinner beim stellvertretenden Oberstaatsanwalt anzweifeln wollen? Oder ein Arbeitsessen mit dem Landwirtschafts-Staatssekretär auf seiner Ranch?

Nie wurde Tacca Mammamia alias „Sonja" an einem möglichen Tatort angetroffen und nie hinterließ sie irgendwelche Spuren, wenn man von diversen „Werkzeugen" aus Sex-Shops einmal absieht.

Natürlich war ihr Ruf sogar bis zu Capitano Giuseppe Caldofredo im fernen Pizzapiccola vorgedrungen, wenn auch sein kriminalistischer Zuständigkeitsbereich bisher von einschlägigen persönlichen Begegnungen mit ihr verschont geblieben war.

Die Betonung liegt auf dem Wörtchen „war". Auch als an diesem schwülen Sommerabend der Pensionsbesitzer Dall`Puntapinto aufgeregt Seppes Hörorgan am Handy strapazierte und eine tote Mann in Zimmer 13 meldete, fiel noch keinerlei Verdacht auf die umtriebige Problemlöserin Sonja aus Palermo. Warum auch?

Der Kripochef trommelte seine beiden Hiwis, Agente Enrico Papagallo und Caporal Tuttipasti, zusammen, lud die Beretta magnum mit siebenundzwanzig Hochglanz-Patronen nach, wechselte noch rasch die Krawatte und schleuderte den Dienst-Ferrari in lässigen 14,7 Sekunden zu dem Übernachtungsdomizil am Waldrand, das bevorzugt von Geschäftsreisenden inklusive außerehelicher Begleitung genutzt wurde.

Dall`Puntapinto stotterte das Ermittler-Trio aufgeregt zu Zimmer 13 seiner Absteige und wies auf einen Mann, der genauso nackt wie leblos auf dem zerwühlten Bett vor sich hin gammelte.

„Aber das ist doch Grandedotto, stammelte Caporal Tuttipasti".

„Wo du recht hast, hast du recht", bestätigte der Capitano. „Und diesmal ganz ohne Maßanzug, Rolex und gescheitelter Perücke." Nebenbei hatte er bereits den Puls des Pensionsgastes gefühlt. Absolut tote Hose und da auch sämtliche Gliedmaßen des hochrangigen Politikers total schlaff und unlustig herumhingen, war seine spontane Hobby-Diagnose eindeutig auf Rotto (deutsch: kaputt) geschaltet.

Da er aber wusste, was sich sogar unter solchen Umständen gehörte, stellte er sich mit einer leichten Verbeugung vor dem Verblichenen vor. „Gestatten: Giuseppe Caldofredo, Kripochef von Pizzapiccola."

Denn bei diesem handelte es sich wie bereits vermutet um Silvio Grandedotto, Minister für Verkehr, der ihm diesmal womöglich zum Verhängnis geworden war.

Immerhin zählte Caldofredo vor dem Bett nämlich selbst bei flüchtigem Augenschein sieben gebrauchte Gummiartikel „grandissimo".

„Alle Achtung – und das bei seinem Alter von 74 Jahren und 13 ½ Monaten! Womöglich nahm er am Sonderprogramm Jugend trainiert für Olympia teil. Nun aber ans Werk, Männer. Lasst nichts aus. Schaut in jede Ecke und jede Ritze. Bringt mir jeden Tanga-Slip und jedes Ohrgehänge, das ihr finden könnt. Fingerabdrücke von den Champagnergläsern und Kartoffelchips genauso wie Parfum-Literflaschen oder Lockenwickler. Und ruft mir endlich den Dottore.

In diesem Moment stürmte der Dorf-Medizinmann aber bereits in die heimelige Unterkunft. Als er den zweifellos Verblichenen auf den Laken erkannte, ordnete er ihn unverzüglich in die Abrechnungsrubrik Privatpatient ein. Und als ihm der Pensionswirt gar bestätigte, dass der Minister in sonnenbebrillter und super miniberockter Damenbegleitung erschienen war, lautete seine Diagnose ohne tiefgreifende Untersuchung auf Herzversagen durch körperliche Überlastung. Entsprechend stellte er auch den Totenschein aus (3,5-facher Verrechnungsmodus).

Capitano Caldofredo jedoch bezweifelte einen natürlichen Tod. Denn wenn Grandedotto es sieben Mal geschafft hatte, warum sollte er dann ausgerechnet beim achten Versuch schlapp machen? Zudem war ihm aufgefallen, dass das ministeriale Glasauge zersprungen war.

„Ich werde sicherheitshalber noch einen renommierten Gerichtsmediziner aus Palermo beiziehen, Dottore. Hier liegt hundert pro ein Verbrechen vor, das spüre ich im hintersten Tropfen Urin. Enrico, veranlasse umgehend, dass Professore Viruso aus Palermo anreist. Er ist nachweislich der beste Leichenschnippler auf unserer wunderschönen Insel."

Die Spurensicherung ergab keine weiteren Erkenntnisse, wenn man davon absah, dass auf dem Nachttisch ein Zwanzig-Euroschein lag. Außerdem fand man in der linken Hosentasche des Dahingeschiedenen eine Visitenkarte mit dem Slogan „Ruf an!" von einer Signorina Tacca Mammamia aus der Via Coscia 21 in Palermo.

Caldofredo versiegelte den Raum, bis der Pathologe aus der Inselhauptstadt eintraf. So blieb ihm wenigstens noch etwas Zeit, um eine neue Krawatte umzuschlingen und in der Osteria einen blitzschnellen Mezzo Litro Montepulciano zu schlürfen.

Professore Viruso traf mit dem Spätzug in Pizzapiccola ein. Bereits seine erste oberflächliche Untersuchung des Ex-Verkehrsministers bestätigte den Verdacht des Kripo-Chefs.

„Sie haben vollkommen richtig gehandelt, dass Sie mich gerufen haben, Capitano", lobte der Star-Forensiker. „Lassen Sie bitte den Leichnam in die Leichenhalle schaffen, ich werde noch heute Nacht mit der Obduktion beginnen. Wenn Sie wollen, können Sie gerne zuschauen und nebenbei noch Ihr Abendbrot zu sich nehmen."

Voller beruflicher Leidenschaft widmete sich der Gelehrte den sterblichen Überresten und nach einer oberflächlichen Ganzkörperschau nahm er sich nun penibel Kopf und Hals vor.

„Das Glasauge zersprang tatsächlich durch heftigen Überdruck, Capitano", gab er dem Kripomann Recht. „Und wenn ich den Hals abtaste, gibt es für mich keinen Zweifel, dass der Tod durch den vollkommen eingedrückten Kehlkopf eintrat. Das war beileibe keine natürliche Todesursache. Das ist eindeutig Mord in Reinkultur. Tod durch Erwürgen! Und als Täterin kommt wohl an erster Stelle seine eifrige Gespielin in Betracht. Finden Sie diese und ich weise Ihnen aus medizinischer Sicht den Hergang nach. Leider kann ich Ihnen keine Fingerabdrücke liefern, aber solche werden Sie auf dem Zimmer wohl an jeder Ecke finden. Es sei denn, die Dame hätte beim „Liebesspiel" Latex-Handschuhe getragen…

Natürlich machte diese Einschätzung des Leichenöffnungsgelehrten Seppe nachdenklich. Sollte in seinem Zuständigkeitsbereich etwa die berüchtigte Liebesexpertin und Mord-auf-Bestellung-Lieferantin Sonja im wahrsten Sinne des Wortes ihre Hände im Spiel gehabt haben? Dann würde er ihr das Handwerk legen. So wahr er Giuseppe Caldofredo hieß. Quasi vor seiner Haustüre, was seine Beförderung zum Vice Questore enorm beschleunigen könnte.

Die grundsätzliche Frage war nun, ob sich der Minister die Liebes-Dame nur für ein Schäferstündchen gebucht oder aber jemand aus seinem engsten Umfeld Interesse daran hatte, ihn nachhaltig aus dem von ihm politisch verantworteten Verkehr zu ziehen. In diesem Job hat man bekanntlich nicht nur Freunde. Und was ist mit den Angehörigen?

„Papagallo, wir beide düsen jetzt sofort nach Messina und überbringen der trauernden Witwe die Nachricht vom Ableben ihres getreuen Ehegatten. Und veranlasse bitte, dass uns Palermo sofort Fingerabdrücke dieser Freizeitgestalterin Tacca Mammamia zufaxt. Das Spurensicherungs-Kommando soll sie dann vom Experten für Daktyloskopie mit dem 20-Euro-Schein, dem Sektglas und diversen Rückständen im Bad abgleichen lassen.

In der Rekordzeit von 12 Minuten und 7 Sekunden schafften der Capitano und sein Agente die 84 Kilometer von Pizzapiccola nach Messina. In der bescheidenen Villa des Ministers für Verkehr aller Art wurden sie von einer schwarzgekleideten und tief verschleierten Signora auf das Allerherzlichste begrüßt.

Bei Caldofredo läuteten unverzüglich sämtliche Alarmglocken. Woher wusste diese Dame der höchsten Gesellschaftsschicht, dass sich ihr Familienstand so abrupt geändert hatte?

„Signora, empfangen Sie bitte unser tiefstes Mitgefühl zum herben Verlust Ihres Verkehrsgatten. Aber bevor Sie nun gleich einen geeigneten Sarg auswählen, möchten wir Sie bitten, uns für Ihre Aussage in unser bescheidenes Kommissariat zu begleiten. Wir müssen nur auf dem Weg dahin noch eine weitere Dame in Palermo abholen.

Erlauben Sie uns vorweg aber noch die Frage, woher Sie überhaupt vom das Ableben Ihres geschätzten Gatten wussten?"

„Diese Edel-Schlampe namens Sonja hat mich doch vor ein paar Stunden angerufen und nochmals zehntausend Euro nachgefordert für erfolgreiches Erledigen des Auftrages", sprudelte es nur so aus der zutiefst Trauernden heraus. „Es war doch nicht mehr auszuhalten mit diesem Hurenbock, vor dem kein Strumpfband sicher war. Zu mir nach Hause kam er nur noch zum Mittagessen und um seine gebügelten Socken abzuholen. Und da las ich die Anzeige in der „Gazzetta", worin für die völlig risikofreie Beseitigung solcher Probleme geworben wurde. Sonja prahlte regelrecht damit, dass die Polizei im Dunkeln tappe und bisher stets an den Leichenfundorten auf natürliche Todesursachen geschlossen wurde. Da es sich immer um Opfer aus der High Society handelte, wollte man wohl jedes Aufsehen vermeiden."

„Signora Grandedotto, nach diesem Geständnis muss ich Sie leider wegen Anstiftung zum Mord an Ihrem Gatten festnehmen. Und die Täterin Tacca Mammamia alias Sonja wird aufgrund Ihrer Aussage diesmal auch die nächsten Jahrzehnte fernab jeglichen Verkehrs hinter Schwedischen Gardinen verbringen dürfen."

Der Capitano ließ es sich auch nicht nehmen, die „Problemlöserin" in ihrer Wohnung, wo sie gerade ihrer Hauptbeschäftigung nachging, persönlich unter Anlegung von Hand- und Fußfesseln festzunehmen. Als er ihr vom Geständnis ihrer aktuellen Auftraggeberin berichtete, brach sie unter der Last der Beweise zusammen und gestand nicht nur diese Tat, sondern auch noch dreiundzwanzig weitere „unverdächtige Todesfälle". Bei dieser Gelegenheit klärte sich auch das Vorhandensein des 20-Euro-Scheines. Es handelte sich um Wechselgeld, das die überführte Tacca Mammamia dem Gemeuchelten korrekterweise zurückgab.

Giuseppe Caldofredo aber wurde von der komplett angetretenen Regierungsmannschaft unter Abspielen der Nationalhymne mit der Ehrenbürgerwürde Siziliens ausgezeichnet. Seine baldige Beförderung zum Vice Questore wurde ebenfalls wärmstens befürwortet.

So nimmt der Verkehr manchmal seltsame Wege.

Hände- und füßeringend
Zeugen gesucht!

Man kann beileibe nicht behaupten, dass ihn irgendein menschliches Wesen besonders in sein Herz geschlossen hätte. Weder in seinem Job bei der örtlichen Mini-Postfiliale, wo er für die Ausgabe der nassklebenden Briefmarken der Werte 1 Cent bis 60 Cent zuständig war. Noch beim Gesangverein „Halto C", wo er zwar nie zu den Probestunden erschien, dafür aber stets bei diversen Feiern das erste Freibier erbettelte. Und schon gar nicht bei seinem an einem Finger abzählbaren Freundeskreis. Zumindest seit er Manfredo anzeigte, nachdem dieser bei Dunkelheit mit dem unbeleuchteten Bollerwagen auf dem Gehweg zum Glascontainer gerollt war. Und zu allerletzt in der Nachbarschaft, die ihm geradezu in tiefstem Hass verbunden war.

So war es auch in keiner Weise verwunderlich, dass Dragona Forza erst vermisst wurde, als sein Rasen im Vorgarten das auf Golfplätzen übliche Gardemaß von 5,7 Zoll überstieg und die Zeitungsfrau beim besten Willen nichts mehr in den Briefkasten pressen konnte.

Eigentlich wurde er ja überhaupt nicht vermisst. Vielmehr befand sich seine direkte Nachbarin Doloro Bungabella in Hochstimmung, weil sie den notorischen Bruddler, Nörgler & Griesgram nicht obszön fluchen hörte, wenn sie sich pudelnackt auf ihrer Liege der Sonne hingab. Dabei wusste sie ganz genau, dass dieser perverse Spanner mit dem Feldstecher hinter der zugezogenen Gardine auf ihren im wahrsten Sinne des Wortes heißen Körper glotzte.

Pedantisch hatte er jedes noch so kleine Zweiglein des Kirschbaumes, der auf ihr Grundstück ragte, abgesägt, damit sie ja nicht in Versuchung käme, auch nur eine einzige dieser süßen Früchtchen zu ernten. Sogar den Maulwurf, der ein paar dezente Erdhäufchen auf seiner Spielwiese hinterlassen hatte, versuchte er mit allerlei fiesen Tricks in ihren Garten zu lotsen.

So hoffte Doloro inbrünstig, dass sich Dragona Forza womöglich einen Flugurlaub gegönnte hatte und vielleicht der Flieger auf dem Rückweg abgestürzt war. Aber weder in der Presse noch in den Nachrichten wurde über derlei Erfreuliches berichtet.

Auch sein Anlieger zur Rechten, der fast völlig Erblindete Emanuele Lucca war nicht mehr gut auf Forza zu sprechen, seit dieser – wie ihm Andere berichteten – mehrmals über seinen Gartenweg ein Seil gespannt hatte und der Sehbehinderte dadurch zu Fall kam. Danach würde ihm dieser nette Mitbürger gar noch höhnisch die Zunge herausstrecken. Und Antonio Baldecome, früherer Inhaber einer Edel-Boutique in Milano, hatte ihm als makabren Höhepunkt gar geschildert, wie der notorische Kotzbrocken seinen Blindenstock auf die Hälfte abgesägt hatte. Was Wunder also, dass Emanuele Lucca nun auch noch stark hinkte und dies auf ein zusätzliches Hüftleiden schob.

Ernsthaft stutzig wurde Doloro Bungabella erst, als nach zirka drei Wochen wohltuender Abwesenheit Forzas direkter Vorgesetzter – zuständig für die hohen Briefmarkenwerte und die Verwaltung sämtlicher Paketaufkleber – bei ihr klingelte und sich nach dem geschätzten Kollegen erkundigte.

Doch Doloro konnte auch nur ihr tiefstes Bedauern darüber äußern, keine Auskunft geben zu können. Wie sie erfahren hatte, war er auch beim Sommerkonzert des Gesangvereins nicht zum privilegierten Freibier angestanden.

So blieb dem Post-Untersekretär keine andere Wahl, als die örtliche Kripo von Pizzapiccola zu alarmieren. Bereits vierzehn Sekunden später rückte die komplette Mannschaft um Capitano Caldofredo an. Selbst dessen psychisch angefressener Dobermannrüde namens Adolfo war mit von der Partie.

Wie dressierte Raubtiere in der Zirkusmanege wusste das Team genau, was zu tun war. Agente Papagallo befragte die Umstehenden und den Briefmarken-Vorgesetzten, während sich Seppe seinem Rang entsprechend die Nachbarin Doloro zu einem ausgiebigen Verhör auf der bequemen Wohnzimmercouch vorknöpfte.

Caporal Tuttipasti, der gemeinsam mit Hündchen Adolfo den Garten erschnüffelte, rief plötzlich aufgeregt: „Chef, das müssen Sie sich anschauen. Hier ist offensichtlich vor kurzem die Erde umgegraben worden."

Rasch schloss Caldofredo die geöffneten Knöpfe am Hemd und korrigierte routiniert den Sitz seines Krawattenknotens, ehe er nach draußen stürzte.

Tatsächlich befand sich inmitten des total ungepflegten Rasens eine grasfreie Stelle von zirka 82,5 x 202,7 Zentimeter. Adolfo hatte bereits aufgeregt begonnen, darauf herumzuscharren.

„Vielleicht hat der Forza ein paar Briefmarken unterschlagen und hier vergraben", bemühte sich Tuttipasti um sachdienliche Hinweise.

„Ich frage mal die Signorina Bungabella, ob sie uns einen Spaten ausleihen kann". Seppe kehrte bereits nach fünf Minuten mit einem solchen Gartengerät zurück, nachdem er sich bei der Eigentümerin dafür mit einem zärtlichen Zungenkuss bedankt hatte.

„Jetzt geht mal schön auf Schatzsuche", spornte er sein Beamten-Duo liebevoll an, während er seinen Dobermann vorsichtshalber an die lange Leine nahm.

Schon nach einem halben Meter Erdaushub wurden die beiden Polizisten fündig. Der Spaten stieß auf etwas Weiches. Behutsam legten sie die bestens erhaltene Leiche eines Mannes frei, dem eine Einkaufstüte von Lidl Italia über den Kopf gestülpt war. Als sie diese entfernten, fiel ein Werbe-Flyer heraus mit der – in diesem Zusammenhang – leicht zynischen Aufschrift „Fleisch bester Qualität direkt von Ihrer Frische-Theke!"

„Bingo Bungo!" klatschte der Capitano begeistert in die Hände. Er winkte die inzwischen mit drei winzigen Stofffetzen spärlich bekleidete Nachbarin Doloro herbei. „Wären Sie bitte so freundlich, diesen nichtmehrunterdenlebendenweilenden Herrn zu identifizieren, Signorina. Handelt es sich um den seit drei Wochen abgängigen Dragona Forza?"

„Ja, das ist eindeutig Signore Forza", hauchte Doloro mit tränenerstickter Stimme. „Der Arme! Wer tut denn nur sowas?"

Mittlerweile hatte sich auch der Gerichtsmediziner Dottore Carne in Brodo um den Verblichenen gekümmert. „Ohne der Obduktion vorgreifen zu wollen, wurde das Opfer zuerst mit einem stumpfen Gegenstand niedergeschlagen, dann gefesselt und danach – um völlig sicher zu gehen – auch noch mittels der Tüte erstickt."

„Und kein Zeuge weit und breit. Niemand hat etwas gesehen oder gehört. Noch nicht einmal den Maulwurf können wir befragen, denn der wurde ja von dem Ermordeten aufs Nachbargrundstück gescheucht. Nur von einem können wir ausgehen: An der Grablegung hatten drei Totengräber mitgewirkt, denn es waren drei verschiedene Spaten benutzt worden, die natürlich nicht mehr aufzufinden sind. Leider müssen wir also diesen Fall unter der Rubrik Unaufgeklärt in die Kriminalitäts-Statistik aufnehmen." Mit diesen Worten verabschiedete sich Capitano Caldofredo vom Doc und Signorina Bungabella, nicht ohne noch schnell eine frische Krawatte umgebunden zu haben.

Direkt anschließend an die Einäscherung wurde das Haus des Dragona Forza meistbietend versteigert. Die Nachbarn Lucca, Baldecome und Bungabella erwarben es zu einem Spottpreis und sie bezahlten voller Dankbarkeit auch gemeinsam die Urne für den Verblichenen. Sogar bei der Sterbewäsche hatten sie nicht gespart, indem sie sich für die teure bügelfreie Variante entschieden.

„Solch liebe Nachbarn findet man nur selten", waren sich die Bewohner der Strada della Odio einhellig voll des Lobes. Diese lieben Anwohner trafen sich denn auch fast jeden Abend auf ihrem nun gemeinsamen Grundstück zu einer schadenfrohen Gedenkminute an bewusster Stelle im Rasen inklusive anschließender Party, wobei besonders die feinen Fleischgerichte vom Grill aus der Frischfleischtheke von Lidl Italia mundeten. Fröhliche Poker-Runden schlossen sich an. Da es auch Spielkarten in Blindenschrift gibt, war selbstverständlich Emanuele Lucca auch da mit Begeisterung dabei.

Besser schnell gestorben als langsam verdorben

Domenica di Prostituta hätte ihren Pflegepatienten bestimmt nicht erkannt, hätte er nicht seinen frisch gereinigten Ausgehanzug getragen. Schwarz mit Nadelstreifen, rosafarbenes Hemd inklusive gelb/grün/blauer Blümchenkrawatte. Wobei allerdings von dieser der untere Teil mit der lilagetupften Orchidee regelrecht abgerissen war.

Von seinem 93-jährigen Faltengesicht war jedoch so gut wie nichts übrig geblieben.

Sie kennen doch das italienische Nationalgericht „Spaghetti Bolognese"? Genauso – in diesem Ausnahmefall allerdings ohne Spaghetti – sah sein Kopf aus. Nase, Augen, Mund, Ohren - nur noch menschlicher Matsch. Oder biologisch ausgedrückt: Hackfleisch. Da hatte jemand ganze Arbeit geleistet.

Nun besaß zwar Alberto Pollogrande bestimmt nicht nur Freunde im beschaulichen Pizzapiccola, denn der ausgewiesene Gigolo (zu deutsch: geiler Bock) hatte im Laufe seines Lebens angeblich sämtliche Signorinas und Signoras des Ortes mindestens einmal flachgelegt. Aber im Grunde nahm ihm dieses Hobby niemand übel. Im Gegenteil. Jede Frau im gebärfähigen Alter hätte an ihrer weiblichen Ausstrahlung gezweifelt, wäre sie nicht von Signore Alberto angebaggert und bestiegen worden.

Und so war denn der einzige Feldweg, den man mit einem voluminösen Landrover zu diversen Liebesspielen anfahren konnte, auch stets mit benutzten „Souvenirs" gepflastert. Was die Dorfbewohner beim obligatorischen Sonntagsspaziergang gerne zu dem Ausspruch verführte:

„Da schau, der Signore war auch mal wieder hier!" Oft bestätigt von einem schamhaften Erröten der weiblichen Begleiterin.

So verwunderte es Domenica auch keineswegs, als sie in der linken Hosentasche des so grässlich gemeuchelten Arbeitgebers eine 100er-Kurpackung Viagra Strong Power vorfand. Mit Hilfe dieses Potenzverstärkers war er laut Augenzeuginnen-Berichten angeblich bis ins hohe Alter stets erstaunlich standhaft geblieben.

Alberto hatte dem ehemaligen Callgirl bei sich eine Festanstellung als Pflegerin angeboten und die inzwischen auch etwas Angeschimmelte hatte den gut bezahlten Job begeistert angenommen. Und die extra vergüteten Liebesdienste erledigte sie quasi mit Links, war sie doch schließlich ausgebildete SFA (Sex-Fach-Angestellte).

Wer also sollte in Pizzapiccola ein Motiv für eine solch niederträchtige Tat besitzen? War es Rache, Eifersucht oder einfach nur blinde Wut im Affekt?

Auch der sofort herbeigerufene Capitano Giuseppe Caldofredo – selbst nicht ganz unerfahren auf dem Gebiet der Verführung volljähriger Damen aller Haarfarben und Nationalitäten – stand vor einem Rätsel.

„Was für ein Scheusal kann so etwas anrichten, Capitano?" schluchzte Domenica di Prostituta in ihr Spitzentaschentuch: Immerhin hatte sie soeben ihren genauso potenten wie auch großzügigen Arbeitgeber verloren.

Es war reiner Zufall, dass sie ihn in seinem eigens für seine täglichen Onanie-Trainingseinheiten eingerichteten Gartenhäuschen aufgefunden hatte. Die sonst immer geschlossene Türe stand nämlich halb offen und so lugte sie genauso misstrauisch wie neugierig hinein. Und da saß er mit entblößtem Unterteil auf einem Stuhl. Tot, wie man nur tot sein kann. Man stelle sich vor, er wäre erst Wochen später als Gammelfleisch entdeckt worden...

„Wo kann ich ansetzen?" grübelte der Polizeichef. Als erstes ließ er an der örtlichen Anschlagtafel einen Anti-Bekenneraufruf anbringen, auf dem sämtliche schreibkundigen Dorfeinwohner mit Unterschrift bekunden sollten, dass sie nicht als Täter in Frage kamen. Keiner schloss sich bei dieser XY-Aktion aus.

Was nun? Kam etwa ein Auswärtiger in Betracht? Kaum denkbar, denn Alberto Pollogrande hatte seine Besamungsaktionen ausschließlich auf die Damenwelt von Pizzapiccola beschränkt.

Giuseppe Caldofredo drehte sämtliche Steine auf dem Grundstück um. In Sherlock-Holmes-Manier untersuchte er mit der Lupe jeden Quadratmillimeter nach Spuren. Er ließ sogar von jedem ortsansässigen Tier Pfoten- und Hufabdrücke nehmen.

Und da landete er doch tatsächlich einen Volltreffer. Denn in der Hundehütte von Leone – dem senegalesischen Löwenspürhund von Signore Sangiovese – fand er den vermissten abgerissenen Krawattenteil mit der lilagetupften Orchidee.

Beim anschließenden eindringlichen Verhör gestand das allerliebste Tierchen per Schwanzwedeln, dass es der Täter sei. Der Hundling hatte nämlich drei der berühmten blauen Pillen verschluckt, die versehentlich aus Albertos Pillenbox gefallen waren. Diese mussten ihn in einen entschuldbaren Zustand von Größenwahn versetzt haben.

Mit diesem erneuten Ermittlungserfolg stieg die Aufklärungsquote des Capitano Caldofredo auf schwindelerregende 99,9784 Prozent.

Der Leichnam des zerfleischten Opfers aber wurde im Krematorium von Palermo den Flammen übergeben. Denn bei einer Erdbestattung auf dem Ortsfriedhof hätten sich wohl selbst die Würmer bei seinem Anblick angewidert abgewendet.

Domenica di Prostituta fand übrigens sofort eine neue Anstellung als Hauswirtschafterin beim Orts-Geistlichen Monsignore Corneopapi. Schließlich waren ihre einschlägigen Qualitäten hinreichend bekannt.

Acht, neun, aus!!!

Einen Krimi-Band mit Kurzgeschichten ohne Banküberfall? Gibt´s nicht! Und deshalb soll auch in diesem Buch nicht von diesem guten Brauch abgewichen werden.

Brasso Centolire belugte bereits sehnsüchtig seine Rolex-Raubkopie am linken Handgelenk, die ihm beim letzten Strandurlaub ein schwarzafrikanischer fliegender Händler als einmalige Gelegenheit aufgeschwatzt hatte. Noch zwei Minuten bis zum Feierabend. Die Filiale der Intesa Sanpaolo war das einzige Bankinstitut in der 738 Seelen-Gemeinde Pocosapere. Normalerweise waren sie ja zu Dritt im Team. Aber Selina Ciglio war noch faschingsbedingt extrem unpässlich und Alina de Pudore weilte mit zwei Freundinnen im türkischen Side auf Beachboy-Erlebnistour.

Verflixt! Musste ausgerechnet jetzt noch ein Kunde kommen? Schließlich hatte er bereits den Kassenabschluss korrekt erledigt und sämtlichen Schreibkram pedantisch aufgeräumt. Wenn man einmal pünktlich aus diesem Saftladen raus und sich vor der Flimmerkiste das Champions League-Duell zwischen Real Madrid und Juventus Turin reinziehen wollte.

Banker Brasso Centolire kannte den Last-Minute-Kunden aus dem Nachbardorf. Sie wanderten gelegentlich zusammen in der Gruppe des Ätna-Lava-Vereins. „Na, Lorenzo, ist den Kollegen in der Pampa etwas das Kleingeld ausgegangen?", frotzelte er daher.

„Hat sich was mit Kleingeld, du Falschgeldzähler. Heute ist nämlich ganz großer Zahltag." Lorenzo Grappi unterstrich seine Worte, indem er eine Mega-Discountertüte aus der Hosentasche zauberte und sie auf den Banktresen knallte. „Die füllst du jetzt ganz flott mit deinem kompletten Scheinchen-Vorrat. Und dann ist endgültig Feierabend für dich." Während er dies sagte, ging er zur Eingangstür und drehte den Schlüssel um. Von außen konnte man den Schalterraum wegen der dicken Gardinen nicht einsehen.

„Mensch, Lorenzo, wir sind doch hier nicht im Wilden Westen und du bist bestimmt auch nicht der geborene Räuber. Ich müsste dich ja anzeigen und du würdest es noch nicht mal bis zum nächsten Flughafen schaffen. Was soll also diese Schmierenkomödie?"

„Siehst du, Brasso, im Wilden Westen würde ich dich nach dem Abkassieren völlig glutenfrei abknallen. Da ich aber leider keinen Waffenschein und den dazugehörigen Colt besitze, muss ich die Aktion sozusagen handwerklich lösen."

Grappi holte einen schweren Schlosserhammer aus seinem Hosenbund und wog ihn zärtlich in der rechten Hand. „Also, mach keine Zicken und vollbringe in deinen letzten Daseins-Minuten noch eine gute Tat, indem du mir diesen umweltfreundlichen und wiederverwendbaren BigBag mit den Klunkerchen füllst."

Bei Brasso Centolire wechselte wie bei einer Ampel die Gesichtsfarbe von Rot auf Bleich und mit fliegenden Händen stopfte er sämtliche Euroscheine aus der Tageskasse und dem vorsintflutlichen Tresor in die klimaschonende Papiertüte.

„Na also, geht doch. Wenigstens einmal in deinem bescheidenen Leben hast du eine gute Tat vollbracht, du Zins-Hai. Tut mir echt Leid um deine heiße Braut zu Hause, aber ich verspreche dir, dass ich mich gelegentlich um

Lana kümmern werde. Vielleicht werden wir sogar die Knete gemeinsam verjubeln. Doch nun: Helm ab zum Gebet!"

Lorenzo Grappi flankte sportlich über die Theke und schlug dem biederen Bankkassier den Hammer wiederholt mit aller Kraft auf den Schädel. Wobei er wie der Ringrichter den zu Boden gegangenen Boxer anzählte: Acht, Neun, Aus! Eigentlich hätte er sich das „Aus!" sparen können, denn Brasso Centolire gab bereits nach dem zweiten Schlag mit einem tiefen Röcheln seinen zeitlebens bescheidenen Geist auf. Grappi aber raffte die prall gefüllte Stofftüte an sich und verließ die Bankfiliale durch das Toilettenfenster auf der Gebäuderückseite.

Lana Centolire vergnügte sich derweil wie an jedem Mittwochabend inmitten ihrer Folkloretanzgruppe. Gemütlicher Ausklang wie üblich in „Marcos Pizzeria". Erst als sie gegen 24 Uhr reichlich angeheitert zu Hause eintrudelte, fiel ihr auf, dass der Fernseher nicht lief. Dabei hatte doch ihr Brasso sich so sehr darauf gefreut, den Kick endlich einmal ungestört anschauen zu können. Auf die Idee, dass an seiner Arbeitsstelle etwas Außergewöhnliches passiert sein könnte, wäre sie nie gekommen. In diesem Kaff, wo sich Fuchs und Hase Gute Nacht sagen. Wer sollte denn hier wegen ein paar armseliger Kröten einen Überfall veranstalten?

Was sie natürlich nicht wissen konnte: Exakt an diesem Tag hatte Großgrundbesitzer Diarrea einen erklecklichen Betrag aus Bauplatzverkäufen in bar eingezahlt.

Vielleicht war ihr Brasso ja auch nur ein paar Schritte vor die Tür gegangen. Kurzum, Lana machte sich keinerlei Gedanken und ihr von drei Gläsern Pino Grigio D.O.G.C.

reichlich vernebeltes Gehirn hätte dies auch gar nicht zugelassen. Promille nahmen sie in ihre behutsamen Arme und versenkten sie in narkoseähnlichen Tiefschlaf.

Am nächsten Morgen wollte vereinbarungsgemäß der Geldkurierdienst noch vor den offiziellen Schalterstunden der Bankfiliale das Bargeld abholen und zur Bezirkszentrale bringen. Als der Security Pronto Delacasa ohne jegliche Vorahnung mit dem Zweitschlüssel den Schalterraum öffnete, fiel ihm zuerst nichts Ungewöhnliches auf. Doch plötzlich entdeckte er neben der Kundentheke ein Bein, das dort absolut nichts verloren hatte. Geistesgegenwärtig riss er seine Dienstwaffe aus dem Halfter und schrie: „Beine hoch oder ich schieße!"

Aber es war niemand da, auf den er hätte schießen können. Und Brasso Centolire war ja schließlich bereits mausetot. Die Geldscheinfächer hinter der Panzerglasscheibe waren genauso leer geräumt wie der Tresor. Und auf dem Tresen lag ein Gegenstand, der ganz bestimmt nichts mit Debitoren oder Kreditoren gemein hatte: Ein blutverschmierter Hammer.

Pronto Delacasa stürzte ins Freie und schrie seinem Partner zu: „Gib Alarm, Trappa. Banküberfall. Und den Centolire hat der Schlag getroffen!"

Trappa schaute seinen Security-Kollegen an wie ein Pfleger in der geschlossenen Abteilung der Psychiatrie seinen Lieblingspatienten. Erst nach einer unendlich langen Schrecksekunde sah er ein, dass dies beileibe keine Spaßvorstellung war und so funkte er dann doch die Kripo in Pizzapiccola an.

Schon nach zwanzig Minuten traf Capitano Giuseppe Caldofredo samt Agente Enrico Papagallo und Caporal

Tuttipasti mit heulendem Tatütata ein und das Trio stürmte bis an die Goldkonen bewaffnet Richtung Tatort.

„Schauen Sie sich das an, Chef", maulte Tuttipasti. „Der Bursche konnte sich noch nicht mal einen Meuchelpuffer leisten."

„Ein Hammer als Tatwaffe. Endlich mal ein sparsamer Täter, wie es sich in einer Bank gehört und ein bisschen Abwechslung in unserem tristen Alltag", bestätigte Seppe. „Frag doch mal bei den Neugierigen draußen nach, wie der Bankangestellte heißt und wo er wohnt beziehungsweise wohnte."

Tuttipasti kam schnell zurück. "Der Filialleiter heißt Brasso Centolire und ist zurzeit alleiniger Herrscher über Sparbücher und Dispokredite. Die Familie wohnt in der Casa Moneta 13."

„Ich sag ja immer, die 13 ist eine Unglückszahl", konnte sich Enrico Papagallo in einem witzigen Anflug nicht verkneifen. „Und dann noch sein Name. Hat noch nicht mal bemerkt, dass wir längst auf Euro umgestellt haben."

„Okay, dann müssen wir wohl zuerst seine Familie verständigen. Papagallo, du kommst mit mir. Und du, Tuttipasti, stellst in der Zwischenzeit das Geldhaus nach Spuren auf den Kopf."

Giuseppe wechselte während der Fahrt noch schnell seine Krawatte. Für Trauerfälle hatte er immer die Variante eins-acht-vier im Dienstauto – schwarzgrundig mit weißen Hyänen und Geiern.

Sie mussten an der Haustüre Casa Moneta Nr. 13 lange klingeln, bis eine reichlich verschlafene und ungeschminkte Signora im Morgenrock endlich öffnete.

„Capitano Caldofredo und Agente Papagallo von der Kripo in Pizzapiccola", stellten sie sich vor. „Sind Sie Signora Centolire?"

„Ja, ich bin die Lana. Polizei? Um Himmels Willen! Gut, ich habe gestern Abend drei Gläser Wein getrunken, bin aber nicht mehr mit dem Auto nach Hause gefahren. Was wollen Sie denn von mir?"

„Haben Sie Ihren Mann denn noch nicht vermisst, Signora?" fragte Seppe und betrat mit seinem Mitarbeiter die Wohnung.

„Brasso? Madonna mia, jetzt wo Sie es sagen. Ich habe ihn heute Morgen ja noch gar nicht gesehen."

Agente Papagallo, der immer für ein Späßchen gut war, ließ sich nicht mehr bremsen, obwohl ihn der Capitano warnend anschaute. „Signora Centolire, wir müssen Sie etwas Wichtiges fragen. Haben Sie bereits Ihre Steuererklärung ausgefüllt? Falls ja, müssten Sie diese umgehend berichtigen. Streichen Sie bitte bei Familienstand den Vermerk verheiratet und ändern Sie ihn auf verwitwet."

Nur der Ordnung halber sei noch angemerkt, dass Lorenzo Grappi, ehe er aufgrund von Fingerabdrücken am Schlosserhammer eindeutig als Täter identifiziert und verhaftet werden konnte, sich ordnungsgemäß beim Einwohnermeldeamt mit unbekanntem Ziel abgemeldet hatte. Die Summe des erbeuteten Bargeldes belief sich auf 728.457,08 Euro.

Ein Huhn namens Emilia

Er war schon immer ein Eisenbahnverrückter. Während andere Jungs seines Alters herumkickten, wilde Streiche ausheckten oder an der ersten Zigarette nuckelten, spielte Armando Cozze im Keller mit seiner Märklin-HO-Anlage. Dies prägte fortan sein Leben – auch beruflich. Er wurde Lokführer.

Wenngleich er sich immer gewünscht hatte, irgendwann den Schnellzug zwischen Palermo und Milano zu steuern, schaffte er es lediglich auf die eingleisige Schmalspur zwischen Pizzapiccola und Fettucine. Zwei Mal am Tag. Einmal hin, einmal zurück. Aber immerhin. Schließlich war er Lokführer, Zugbegleiter, Fahrkartenknipser, Weichenwärter und Hilfs-Signalgeber in einer Person. Wobei letzteres bedeutete, dass jeweils um 09.27 Uhr und 16.44 Uhr das Züglein vor dem einzigen Signal auf der Strecke bei ROT anhielt, seine Frau aus dem Haus stürzte und an dem Signalmast im eigenen Hausgarten mittels eines Handhebels auf „Freie Fahrt" = GRÜN stellte. Wenn Armando das Signal passiert hatte, sprang er von der Lok – was bei einer Spitzengeschwindigkeit von 9 km/h keine größere Übung darstellte – und schaltete das Signal wieder auf ROT. Besonders stolz war er auf seine stets frisch aufgepeppte Uniform mit solch messerscharfen Bügelfalten, dass man sie zum Brieföffnen hätte einsetzen können.

Alles hätte wunderbar sein können. Ein glücklicher Lokführer, zufriedene Fahrgäste, nostalgische Beförderung für Appel & Ei. Wäre da nicht Odio Bolucchio gewesen. Die Bahn fuhr nämlich auf halber Strecke mitten durch seine nicht ganz unbescheidenen Ländereien, die er zum Weideplatz für seine freilaufenden Schafe und Hühner auserkoren hatte. Die Schafe hatten zwar allesamt altersbedingt ihr Blöken eingestellt, aber dreizehn Hühner gackerten bestens gelaunt um die Wette und legten ihre Eier überall ab, wo sie gerade Lust und Laune hatten: Im schützenden Gebüsch oder zwischen den Bahnschienen. Über alledem wachte ein umtriebiger Hahn, der jedem Haremswächter ein bewunderndes Lächeln entlockt hätte. Und so produzierte Odios Hühnerschar pro Tag dreizehn Eier, was ihm ein bescheidenes Nebeneinkommen garantierte.

So war das zu Anfang. Inzwischen reduzierte sich jedoch die Hühnerfamilie in schöner Regelmäßigkeit, weil dieser Lokführer mit seinem dämlichen ICE-Verschnitt wegen einer kleinen Steigung jedes Mal vor seinem Grundstück Vollgas gab, wodurch jeden Monat mindestens ein freilaufendes glückliches   Federvieh überrollt wurde, weil es das Schild „Vorsicht! Schienen nicht überqueren!" überlas.

Dann saß Odio Bolucchio mit tränengeschwängerten Augen in seiner Hütte und schwor dem grausamen Hühnermörder bittere Rache.

Mittlerweile hatte er in einer Ecke des Gemüsegartens sogar einen kleinen Friedhof für seine zerquetschten Eierlieferantinnen angelegt – jedes Grab mit Namen versehen, denn natürlich hörte jedes seiner Lieblinge auf einen solchen. Sogar der Gockel streikte manchmal, weil er nicht mehr ausgelastet war. Odio ging so weit, auf die Schmalspurlok in finsterer Nacht immer wieder den Schmähruf „Hühnermörder" aufzusprühen.

Armando Cozze war stinksauer, musste er doch jedes Mal seine geliebte „Ferrovia" wieder mühselig von den Lackspuren freikratzen. Andererseits konnte er den unbekannten Täter auch wieder irgendwie verstehen, nannte er doch selbst drei pflegebedürftige Huhn-Damen samt einundzwanzig Küken sein eigen. Er hatte deswegen extra eine Hupe beschafft, um etwaige Gleisüberquerer akustisch zu warnen. Dabei war dies eigentlich gar nicht nötig, denn das Heranschnaufen des altersschwachen Gefährts konnte man schon von weitem hören.

Trotzdem war es an diesem 3. Juli, den sich die Sonne für einen herrlichen Sommertag ausgesucht hatte, wieder zu einem Drama gekommen. Diesmal hatte es Emilia, die rotbraune Favoritin von Gockel Domestico erwischt. In sämtliche Gliedmaßen zerlegt sammelte sie Odio von den Schienen. Sein Hals war so dick angeschwollen vor Wut, dass er in keinen Hemdkragen mehr passte und er beschloss, zur Tat zu schreiten.

Gut gelaunt wie immer gab am nächsten Morgen Armando Cozze seinem Dampfross die Sporen und hatte an den beiden Bahnhöfen von Fettucine und Lasagnegrande immer die üblichen Pendler auf dem Weg zur Arbeit aufgesammelt. Niemand konnte ahnen, dass dies für den allseits beliebten Lokführer eine Fahrt zur Hölle werden würde. Denn urplötzlich gab es einen lauten Knall und sein Zugpferd kippte mit lautem Knirschen in sämtlichen Stahlgelenken auf die Seite. Armandos bella „Ferrovia" war im wahrsten Sinne des Wortes die Luft ausgegangen und presste den Bahnangestellten flach wie eine Flunder. Zum Glück hatte einer der Fahrgäste ein Handy in der Hosentasche, sodass man einen Krankenwagen und Giuseppe Caldofredo, den bestens bekannten Kripochef von Pizzapiccola, alarmieren konnte.

Die Unglücksursache war schnell gefunden: Auf zwei Meter Länge war das Gleisbett unterhöhlt. Nicht von selbst, darauf wiesen die Spuren einer Schaufel eindeutig hin. Die Schienen mussten sich zwangsläufig absenken, sobald das Gewicht der Schmalspurbahn sie belastete. Es dauerte einen halben Tag, die Lok wieder aufzurichten.

Der Unfallort befand sich auf Höhe des Anwesens von Odio Bolucchio. Dort fand man auch inmitten eines Beetes mit Peperonchini das, was vom Lokführer übrig geblieben war: flach wie ein frisch geklopftes Wiener Schnitzel - was bei 98 Tonnen edlen Stahls als „Druckmittel" auch nicht verwunderlich war – war er zwischen erntereifen scharfen Paprikafrüchten gelandet.

Was den Capitano jedoch sofort stutzig machte war ein Hühnchenschenkel, der mitten auf dem wohl gerundeten Bauch von Armando Cozze lag. Das konnte kein Zufall sein, denn weitere Huhn-Zubehörteile konnten auf Anhieb nicht aufgefunden werden. Nur der Spürnase von Caporal Tuttipasti war es zu verdanken, dass man in einem frisch ausgehobenen Grab, das mit einem Kreuz und der Aufschrift „Meiner geliebten Emilia" geschmückt war, weitere Fleischbrocken fand, die bestimmt eine leckere Hühnerbrühe abgegeben hätten.

Seppe Caldofredo entschied noch am Tatort – denn ohne Zweifel handelte es sich um einen solchen – das Hühnerbein einer DNA-Probe unterziehen zu lassen.

Odio Bolucchio war zur Tatzeit angeblich gerade bei der Zeitungslektüre, als er von der Zugentgleisung gestört wurde. Auch seine Signora schwor Hals und Bein, dass er die ganze Zeit am Tisch gesessen habe.

Doch wie es kommen musste: Die DNA-Auswertung ergab zweifelsfrei, dass es sich bei den bestatteten Hühnerteilen und dem ausgerissenen Bein um dasselbe Tier handelte. Außerdem stimmten die Spuren mit der Handwaschseife von Odio überein. Bei so viel Belastungsmaterial brach Odio weinend zusammen und gestand seine Tat. Als er abgeführt wurde, griff ihn der freifliegende Hahn mit wütenden Bissen ins Ohr an. Erst mit einem Schuss aus Caldofredos Beretta-Pistole konnte er nachhaltig gestoppt werden. Mitbewohner des Ortes erzählten später, dass er seine letzte Ruhestätte neben seiner Huhn-Geliebten fand.

Bolucchio wurde wegen unerlaubten Eingriffs in den Bahnverkehr sowie gefährlicher Körperverletzung eines Huhns mit Todesfolge zu einer Haftstrafe von zwei Monaten auf Bewährung verurteilt. Von einer Bestrafung des getöteten Zugführers Armando Cozze wegen Verstoßes gegen das Hühnerschutzgesetz konnte in Anbetracht der besonderen Umstände großzügig abgesehen werden.

Morgenstund
mit Blei im Mund

Cocobello, das Nachbarstädtchen von Pizzapiccola, zählt genau drei Einwohner mehr, also immerhin 839. Nun kann sich eine solche Bevölkerungsstruktur jederzeit ändern, einerseits durch Geburtenzuwachs, was aber eher unwahrscheinlich ist, da der weibliche Anteil lediglich aus Säuglingen oder Damen im Rentenalter besteht. Andererseits durch Todesfälle und da stehen die Chancen wesentlich besser.

Zum Beispiel an diesem tristen Samstag im März, der noch nicht einmal zu besagtem Sterben animieren konnte. Dennoch entdeckte der Feldhüter Anselmo Proletario, als er nichts Böses ahnend die in den Weinbergen zahlreich aufgestellten Wühlmausfallen kontrollierte, etwas, das dort partout nicht hingehörte. Nämlich eine männliche – in sich zusammengesunkene – Gestalt, angelehnt an die brüchige Sandsteinmauer, welche die bescheidene Anzahl von Reben am Abrutschen hinderte.

„Der Neunschwänzige soll mich holen, wenn das nicht Patrone Parafango ist. Hat man noch nicht einmal am Wochenende seine Ruhe? Da geht man die Fallen überprüfen und was findet man? Einen alten Sack, der wahrscheinlich nicht mehr nach Hause gefunden hat", schimpfte der Kommunal-Beamte der niedrigsten Besoldungsgruppe 19 AB. Aus dieser Wut geboren hieb er dem Bewegungslosen noch schnell mehrere Male seinen Krückstock mit aller Kraft brutal auf den Schädel – nur zur Sicherheit. Nein, der Patrone atmete nicht mehr. Die Zähne fest zusammengebissen, als hätte er einen Krampf erlitten.

Jetzt musste der Hüter sämtlicher Felder auch noch den ganzen Weg ins Dorf zurücklaufen, um Hilfe zu holen, denn für ein Outdoor-Handy war kein Geld in der Gemeindekasse. Nonstop fluchend legte er die Strecke bis zum Gebäude der Kriminalpolizei zurück, wo er natürlich wegen des Wochenendes niemand antraf. Warum galt für alle die Fünftagewoche, nur für ihn nicht? Immerhin blieb ihm die Genugtuung, zu dieser frühen Morgenstunde den Capitano von seiner liebevollen Gattin wegzulotsen.

„Giuseppe!" schrie er, „du musst kommen. Der Patrone Parafango hängt in seinem Merlot-Weinberg D.O.C.G. ab. So kaputt wie die Wühlmäuse, die ich jagen soll. Ich habe noch versucht, ihn wiederzubeleben, leider erfolglos."

Der Polizeichef, noch etwas atemlos von der Morgengymnastik auf seiner ihm angetrauten Mimicrema, ließ sofort alles liegen und sprang mit Anlauf pflichtbewusst in Hemd und Hose, band Krawatte Nr. 498 mit den gelben Weintrauben um, hängte sich die schwere Dienstpistole samt fünf Reservemagazinen sowie drei Paar Handschellen an den Gürtel und folgte Anselmo Richtung Weinberge, nachdem er noch schnell seine beiden Vasallen Papagallo und Tuttipasti alarmiert hatte.

Im Quartett bewegten sie sich im flotten Biathlon-Schritt zu der Hinrichtungsstätte. Zumindest mussten dies die Kriminalisten unterstellen, als sie den blutverschmierten Kopf des Patrone sahen.

„Und er sitzt tatsächlich immer noch an derselben Stelle. Hat sich keinen Zentimeter bewegt", bekräftigte Anselmo Proletario.

„Warum kneift er nur sein Gebiss so zusammen?", fragte Agente Papagallo. Mit roher Gewalt riss er dem beklagenswerten Toten die Kiemen auseinander und was fiel ihm da in die Hand? Eine Gewehrkugel Kaliber 1,347 Zentimeter. Damit hätte man sogar einen Auerochsen zur Strecke bringen können. Total verbeult, aber blank gescheuert.

„Vielleicht wollte er nur gewohnheitsmäßig ein gebrauchtes Ricola-Halsbonbon weiterlutschen und hat es verwechselt", mutmaßte Anselmo. „Würde mich nicht wundern. Er ist – oder besser er war – nämlich sehr dement. Neulich wollte er zum Beispiel pinkeln und öffnete anstatt seiner Hosentüre die Haustüre. Manchmal brät er auch den Kopfsalat in der Pfanne und macht dafür die Wurst mit Balsamico und Olio an."

„Also Selbstmord können wir jedenfalls ausschließen", meinte der Capitano. „Denn wer ist schon so dämlich, dass er sich selbst mehrmals auf die eigene Rübe haut? Bei oberflächlicher Betrachtung ist am ganzen Körper sonst nichts zu sehen. Hilft alles nichts, der Oberste Leichenschnippler muss her. Und die Spurensicherung soll die ganze Umgebung millimetergenau absuchen. Tuttipasti, bleib hier und pass auf, dass etwaige neugierige Spaziergänger oder herumstreunende Berner Sennenhunde nichts zertrampeln. Ich wechsle inzwischen zu Hause nur schnell die Krawatte und forsche anschließend unsere Waffendatei daraufhin durch, wer eventuell ein solch auffälliges Munitions-Kaliber im häuslichen Besenschrank aufbewahrt."

Die Überprüfung ergab, dass nur ein einziger Waffenbesitzer am Ort einen solchen „Bärentöter" besaß: Metzgermeister Alonso Vacca, der damit im Schlachthaus Kühe hinrichtete, wenn an seinem Tötungsgerät gelegentlich der Akku leer war. Aber aus dieser Waffe war zweifelsfrei schon lange kein Schuss mehr abgegeben worden. Wie also starb Patrone Parafango?

Inzwischen hatte auch der versierte Gerichtsmediziner Professor Viruso die Leiche zur Obduktion abtransportieren lassen. Bereits am nächsten Tag legte er dem Capitano sein Untersuchungsergebnis vor:

1. Kein Selbstmord;
2. Das Opfer war eindeutig bereits tot, als ihm die an sich auch tödlichen Kopfverletzungen beigebracht wurden;
3. Ansonsten keine äußeren Verletzungen, die zum Tode hätten führen können;
4. Kein Herzversagen;
5. Die einzige Erklärung ist, dass der Patrone eine hochgradige Bleiallergie hatte und durch das Lutschen der im Mund aufgefundenen Patrone eine Infektion mittels Bleivergiftung in tödlicher Dosis erlitt. Der alleinstehende Mann muss bereits seit mindestens 71 Stunden und 18 Minuten an der Auffindungsstelle gesessen haben, wie sich einwandfrei aufgrund des Leichenzustandes und der geplätteten Hämorrhoiden ermitteln ließ.

Seppe Caldofredo war beruhigt, dass er wenigstens diesmal keinen Mörder hinter Schloss und Riegel bringen musste. Zudem hatte dieser Todesfall noch einen weiteren positiven Nebeneffekt: Der Abstand der Einwohnerzahl von Pizzapiccola zu Cocobello verringerte sich nun auf zwei.

Ein sauberes Mannsbild

Monte Montezuma hasste es, Wäsche zu waschen. Aber was blieb ihm anderes übrig als Restaurant-Fachkraft im Gastgewerbe? Seine Patronin des alteingesessenen Hotels „Villa Nova" in Ruperto sul Avola legte größten Wert darauf, dass ihr Küchen- und Servicepersonal in stets sauberer Dienstkleidung arbeitete. Das war man den anspruchsvollen und solventen Gästen schließlich schuldig.

Natürlich konnte Monte nichts für seinen nicht allzu originellen Namen. Anscheinend war seinen Erzeugern trotz neunmonatiger Bedenkzeit damals nichts Passenderes eingefallen. Es konnte nicht ausbleiben, dass ihn die Arbeitskollegen deshalb liebevoll Monte-Monte riefen. Er hatte jedoch sich an ihre Frotzeleien gewöhnt und da sie ansonsten ein Super-Team waren, verzieh er es ihnen auch.

Er war mit seinen dreißig Jahren ein gestandenes Mannsbild und so war es nicht verwunderlich, dass er Signorinas und Signoras jeden Alters auch außerhalb des Restaurants in der Freizeit vorbildlich bediente. Bisher ging auch alles gut und er wurde – bis auf ein einziges Mal – noch nie auf frischer Tat erwischt. In diesem diskreten Fall hatte ihm der gesetzlich Angetraute großzügig verziehen und ihm sogar noch ein großzügiges Bediengeld zugesteckt.

Monte-Monte liebte seine Freiheiten aller Art. Wenn nur nicht das blöde Wäschewaschen gewesen wäre. Vielleicht sollte er doch mal eine seiner zahlreichen Bettgespielinnen dafür dienstverpflichten? Aber leider suchten die sowohl ledigen als auch gebundenen Damen nur ausnahmslos ihr Vergnügen.

Also, alles Jammern half nichts. Er musste auch diesmal wieder selbst ran. Und so stopfte er im Untergeschoss des Hotels weiße Oberhemden zu ebensolcher Unterwäsche, zog sich aus bis auf die Unterhose, füllte einen Messbecher mit Ariel in die Dosierkammer der Industrie-Waschmaschine und wollte gerade die Trommel der Miele XXXXL schließen, als von hinten eine Gestalt geräuschlos an ihn herantrat und ihm die Hände schmerzhaft mittels Kabelbinder auf den Rücken fesselte.

„Schau mich vorher nochmals genau an, du montemäßiger Dreckspatz", giftete ihm der Mann mittleren Alters ins vor Furcht bleiche Gesicht. „Dieses Mal bist du zu weit gegangen, Monte-Monte. Was du mit anderen Tussis anstellst, geht mir am A.... vorbei. Aber von meiner Mandina hättest du deine geilen Dreckspfoten besser lassen sollen. Deshalb werde ich dich jetzt reinwaschen. Ohne jeglichen Schongang. Für alle Zeiten!"

Damit schob er Monte-Monte in die Waschtrommel und verriegelte sorgfältig die Türe.

„Wir beginnen mit dem Grobwaschgang, dann steigern wir auf die Kochwäsche, damit es dir schön warm wird und zum Schluss wird noch kräftig geschleudert. Danach wird kein Weib mehr zärtlich Monte-Monte in dein Ohr flüstern, sondern lacht sich bei deinem Anblick kaputt. Viel Spaß bei Montezumas Rache!"

Der Mann drückte den Startknopf und Monte war kräftig am Rotieren. Niemand hörte seine verzweifelten Hilferufe. Ausgerechnet jetzt, wo er eine seiner läufigen Verehrerinnen so dringend gebraucht hätte, war keine greifbar. Und so wurde er erst am nächsten Tag vermisst, als er seinen Dienst nicht zur gewohnten Zeit antrat.

Vom zuständigen Polizeirevier in Pizzapiccola rückte der Kripo-Chef höchstpersönlich samt Hiwis an. Schließlich hatte auch er von den außerdienstlichen Aktionen des Servicemitarbeiters für alle Fälle gehört. Mit vereinten Kräften wurde seine Wohnung durchkämmt, aber nichts Auffälliges entdeckt. Erst als man das Hotel von Dach bis zum Keller auf den Kopf stellte, stieß man auf die betriebsbereite Waschmaschine, an der allerdings das Störungslämpchen aufgeregt blinkte.

Aus der Trommel starrte den Beamten und den herbeigeeilten Kollegen ein begossener und dank Ariel geradezu überschäumender Monte-Monte mit weit aufgerissenem Mund entgegen. Und als sie ihn endlich aus seinem Gefängnis befreit hatten, war er so strahlend sauber wie das edle Hotel-Silber und seine Haut fühlte sich genau so zart an wie ein frisch eingecremter Kinderpopo.

Da es für Montes allerletzten Waschgang keinen Zeugen gab und er auch den Namen dieser Mandina nicht mehr preisgeben konnte, tappte der Capitano im völligen Dunkel. So musste er leider die Jahres-Statistik seiner Kriminalfälle mit diesem unaufgeklärten Mord verunreinigen.

Genauso schlimm war aber, dass der nachhaltig Gebleichte bei den weiblichen Hotelgästen von Stund´ an auf das Schmerzlichste vermisst wurde.

Brandgefährlich

Der Tag hatte schon ganz komisch begonnen und der Capitano Caldofredo wusste nicht, sollte er sich darüber freuen oder ärgern. Einerseits fand er es ja toll, dass man angeblich zu seiner Unterstützung aus Palermo eine junge, schöne Kollegin abgeordnet hatte und er durchforstete sofort seinen temperierten Krawattenschrank nach etwas Passendem.

Aus gewöhnlich gut unterrichteten Kreisen war zu ihm durchgedrungen, dass diese Polizistin im Rang eines Commissario Capo seine Arbeitsweise begutachten solle, um eine eventuelle weitere Beförderung des Kripo-Chefs von Pizzapiccola zum Vice Questore (Polizeirat = Höherer Dienst) zu befürworten. Dies wäre im Hinblick auf sein noch recht jugendliches Alter eine einmalige Karriere in ganz Italien. Und natürlich wollte er auch seinen ganzen Charme in die Waagschale werfen, was ihm bei dieser molto bella Signorina Gina Sciroppo überhaupt nicht schwer fiel. Schon ihr Name – zu Deutsch: Sirup – zerging auf der Zunge. Kurzum: Seppe würde alles tun, um bei diesem Superweib einen guten Eindruck zu schinden.

Andererseits musste er ihretwegen zwangsläufig von seinen liebevollen Gewohnheiten etwas abrücken. Später Arbeitsbeginn, ausgiebige Mittagspause, angemessener Alkoholgenuss und vor allem seine eindringlichen Verhöre weiblicher Beschuldigter. Aber vielleicht konnte er ja sogar auch dieses zuckersüße Sirup-Mündchen von seinen vielseitigen Begabungen überzeugen? Zwei goldene Sterne plus Krönchen auf dem Kragenspiegel machten sich schon toll und nicht nur seine Mimicrema würde vor Stolz aus dem Mieder platzen.

So hing er seinen Gedanken nach und freute sich schon auf die Fernsehübertragung von der Fußball-WM in Russland, obwohl Italien ja diesmal die Qualifikation nicht geschafft hatte.

Derweil brutzelten im Backofen zwei stramme Hühnermänner und warteten darauf, von den Knochen befreit zu werden. Auch Mimicrema würde sich bestimmt freuen, wenn sie vom Verwandtenbesuch zurückkäme, noch etwas Warmes in den Magen zu bekommen. Ein Schlimmer, wer Böses dabei denkt.

Während Seppe also die ausgelaugten Bullenbeine auf dem Couchtisch ausstreckte und versuchte, mit seinen fachkundigen Kommentaren die Lautsprecher der Samsung LED-Glotze zu übertönen, wurde die Pfeife von Schiri da Ricci von einem Laut abgestraft, den der Capitano a.D. zu diesem Zeitpunkt absolut nicht hören wollte: Telefon!

Wenn das wieder sein privatschnüffelnder Kumpel mit dem Spitznamen „Pasta" sein sollte, würde Seppe bei nächster Gelegenheit sein Versprechen wahr machen, dass er sich selbst als Leiche von irgendeiner Müllhalde kratzen könne.

Tatsächlich! „Hallo, allerliebster Capitano und Vice Questore in spe! Stahlharter Gangsterjäger Eliot Ness von Pizzapiccola und eingeschworener Fußball-Experte. Darf ein armseliger und am Hungertuch nagender Ex-Plattfüßler dich beim rasanten Spielstand von 0:0 um ein bisschen sachkundige Unterstützung nach Pio Fiume bitten? Wir haben hier eine kleine Überraschung für dich Im wahrsten Sinn des Wortes. Du kannst dir ja die Spielreportage unterwegs im Radio reinziehen. Also, sattle die Pferde deines mickrigen Ferraris. Tatort: Ein ehemaliges Gartenhäuschen in der Nähe von Pericola. Ein Streifenwagen steht an der Straße, damit du die Abzweigung in Gottes freie Natur nicht verfehlen kannst."

Caldofredo konnte sich Pastas schadenfrohes Grinsen von einem Ohr zum anderen bildhaft vorstellen. Erdolchen samt anschließendem Ersäufen wären zu milde Todesarten für dessen Boshaftigkeit, ihn von dem spannenden Kick im fernen Sotschi wegzulocken. Andererseits – wenn er so flehentlich um Hilfe ersucht wurde – musste die Kacke schon gewaltig am Dampfen sein.

Also klemmte sich der Kripo-Chef von Pizzapiccola in sämtlichen Tonarten fluchend seine Notfallausrüstung aus Dienstausweis, Beretta-Pistole samt zwanzig Ersatzmagazinen sowie die obligatorische Handschellen-Mixtur plus drei Handys an den extrabreiten Hosengürtel.

Sein Navi dirigierte ihn zielsicher in das lavagefährdete Gebiet. Schon von weitem blinkte ihm das Blaulicht der berittenen Kollegen entgegen.

Zum Glück hatten sie die Zufahrt zu dem Feldweg abgesperrt, sodass die dort versammelte Menschentraube aus Neugierigen und Gaffern keine Chance hatte, die Umgebung des vermeintlichen Tatortes zu verwüsten.

Über einen Trampelpfad erreichte der Capitano eine kleine Personengruppe, bestehend aus Herren in übergestreiften weißen Plastikanzügen, in denen sie aussahen wie Weltraumfahrer - Kollegen von der Spurensicherung -, ein paar Feuerwehrleuten sowie Beamten des Dezernates Gewaltverbrechen aus der Zentrale von Palermo, die er von früheren Schulungen her kannte. Und mittendrin thronte sein Spezi „Zweischluck", der ihn zur Unterstützung angefordert hatte. Wie eine Glucke über ihre Küken wachte er darauf, dass jeder aus der Einsatzgruppe auch genügend zu tun hatte.

„Wo ist denn hier das ominöse Gartenhäuschen?" wollte Giuseppe Caldofredo gerade fragen, als sich auch bereits die Pranke vom Format eines Rummelplatz-Preisringers in seine linke Schulter bohrte, während zwei Männer in Schwarz einen Kindersarg aus dem Kombi eines Beerdigungsinstitutes hoben. Ansonsten war außer einem Häufchen Asche weit und breit nichts zu sehen, so sehr er seine bildschirmgeplagten Augen auch anstrengte.

„Hallo Seppe, altes Haus! Schön, dass du die Kollegen hier unterstützt. Komm mit, das musst du dir anschauen."

„He, was soll der Sarg? Es wird sich doch hoffentlich niemand an einem Kind vergriffen haben?" fragte Capitano Caldofredo mit belegter Stimme.

„Nein, Seppe, aber für die sterblichen Überreste des Opfers reicht nun mal diese Holztruhe der Größe 52 völlig aus. Alles andere wäre Geldverschwendung."

Was da auf dem Boden der Kiste lag, hatte tatsächlich nur noch die Ausmaße einer Spielzeugpuppe. Ein menschlicher Torso – bis zur Unkenntlichkeit verbrannt. Zwischen verkohlten Lippen grinsten ihn zwei weiße lückenhafte Zahnreihen an. Unwillkürlich fielen ihm bei diesem Anblick die beiden Brathähnchen in seinem häuslichen Backofen wieder ein. Verdammt! In der Hektik hatte er doch tatsächlich vergessen, diesen auszuschalten.

„Die Identifizierung wird zwangsläufig noch ein wenig dauern. Männliche Leiche. Es könnte sich laut Aussage der draußen herumlungernden Einheimischen um den Eigentümer des Gartengrundstücks handeln: Ambroso

Delicato, 49 Jahre alt und geschieden", mischte sich der Pathologe von der Gerichtsmedizin ein. „Bis morgen kann ich euch hoffentlich mehr sagen. Fingerabdrücke könnt ihr ihm leider nicht mehr abnehmen. Interessant dürfte aber auf jeden Fall sein, dass der Mann vorher mit einem spitzen Gegenstand in die linke Brustseite angegriffen wurde. Zwei nicht unbedingt tödliche Stiche. Mit was, muss ich noch offen lassen. Aber in einem Gartenhäuschen liegen ja bekanntlich vielerlei Geräte rum. Zum Beispiel ein Unkrautstecher. Zumindest haben die Kollegen von der Feuerwehr in der näheren Umgebung ein solches Arbeitsgerät entdeckt. Wurde zwar gründlich abgewischt, aber das Labor wird sicher noch ein paar DNA-Spuren sicherstellen. Ich gehe jedenfalls davon aus, dass das Opfer in das Gartenhaus geschafft und dort angezündet wurde, um Spuren der Tat zu beseitigen."

Giuseppe Caldofredo musste zu seiner Schande gestehen, dass ihm der Anblick einer nackten Jungfrau lieber gewesen wäre als diese auf Kinderformat geschrumpfte Leiche.

Wie auf Kommando sprach ihn in diesem Augenblick eine stark sirupverdächtige Stimme an. „Hallo, Capitano, schon eine Spur? Ich habe übrigens Ihre beiden Mitarbeiter Papagallo und Tuttipasti noch zur Verstärkung mitgebracht."

Commissario Capo Gina Sciroppo hatte sich also ebenfalls extra hierherbemüht, um seine effektiven Ermittlungsmethoden bewundern zu können. Rasch band er sich eine frische Krawatte um, um seine grauen Gehirnzellen auf Höchststufe zu schalten.

„Was ich schon sagen kann, Signorina, ist, dass sich hier jemand bemüht hat, gründliche Arbeit zu leisten und sämtliche Spuren zu vernichten."

Natürlich musste der in diesem Moment hinzugetretene Caporal Tuttupasti seinen schwarzhumorigen Senf hinzugeben: „Kennt ihr den schon, wie der Krematoriums-Angestellte zum Direktor kommt und verzweifelt fragt: Chef, was soll ich machen, der Liliputaner fällt mir dauernd durch den Feuerrost? Der Direktor überlegt lange und sagt schließlich zu seinem Mitarbeiter: Bring ihn einfach zu mir, ich rauche ihn in der Pfeife!"

Doch keinem war bei dem Anblick der Leiche so richtig nach Späßen zumute und so fragte Seppe in die Runde „Wer hat denn überhaupt den Brand entdeckt und gemeldet?"

„Hier der Signore Orzo, der als ausgewiesener Fußballmuffel samt seinem Hündchen Adolfo einen ausgedehnten Spaziergang machte."

Bei besagtem Adolfo handelte es sich um eine Mischung aus American Bullshit und Rottweiler und die braune Farbe verstärkte noch seine optische Gefährlichkeit. Makaber wurde es, als der Hundehalter seinem herumstreunenden Tierchen zurief: „Adolfo, komm sofort zurück!"

„Erzählen Sie bitte", forderte ihn der Capitano auf. „Übrigens heißt mein Schoßhündchen auch Adolfo."

„Also", berichtete Orzo, „ich hatte zum Glück mein Handy dabei und konnte so gleich die Feuerwehr und das zuständige Polizeirevier alarmieren. Armer Signore Delicato, wenn er es denn ist", jammerte der stolze Rassehundebesitzer. Er war fix und foxi mit seinen Nerven. „Wer tut denn so etwas und warum?"

„Das wird die Frage sein, die uns alle beschäftigt", mischte sich nun auch Spezi Zweischluck ein. „Die Kollegen stochern diesmal ausnahmsweise nicht im Nebel, sondern in einem Rest Asche herum."

In diesem Moment trat ein Beamter der Spurensicherung hinzu und zeigte geradezu euphorisch ein Fundstück vor. „Lag im Aschenhaufen. Sieht aus wie ein Ehering. Zumindest ist auf der Innenseite ein Vorname eingraviert. Und hinter dem Gebüsch dort haben wir diesen Benzinkanister gefunden. Ansonsten keine Reifenspuren oder Ähnliches. Der Boden ist einfach zu trocken."

Gina Sciroppo ergriff das Wort: „Wenn wir davon ausgehen, dass wir es mit keinem Suizid zu tun haben – denn wer begeht schon Harakiri mit einem verschmutzten Gartengerät –, wer bringt dann einen friedfertigen Mitbürger in seinem Gartenhäuschen, also in der freien Wildbahn, um? Zumal hier auch kein normaler Mensch einen Tresor aufstellt, was eventuell einen Raubmord erklären würde. Haben Sie irgendeine Erleuchtung, Capitano?"

„Vielleicht sollten wir einen Hellseher anfordern", antwortete der Gefragte. „Oder ich lasse wie Jogi Löw das Orakel sprechen und bohre mit dem rechten Zeigefinger im linken Nasenloch nach Hinweisen. Nein, bei mir geht bisher noch nicht mal ein Deckenfluter an."

Die Befragung von Delicatos Nachbarn brachte auch nichts Verwertbares ans Tageslicht. Er hatte mit niemand Streit und von seiner Frau, angeblich einer ausgewiesenen Beißzange, hatte er sich schon vor Jahren getrennt.

Man konnte nur darauf hoffen, dass die Obduktion der Leiche oder aber der aufgefundene Benzinkanister neue Erkenntnisse lieferte. Aber den ganzen Umständen nach musste man davon ausgehen, dass der vorsichtige Täter Handschuhe getragen hatte.

Auf jeden Fall wurde eine sechsköpfige Sonderkommission unter dem sinnigen Namen „Bruzzler" gebildet, der vor allem Beamte der Direktion in Palermo angehörten. Sie würde – auch unter Unterstützung aus der Bevölkerung und unter Einbeziehung der Medien eine gewisse Zeit lang weiter ermitteln. Die Hoffnung auf Aufklärung dieses Verbrechens lag zum derzeitigen Zeitpunkt jedoch bei minus 100.

Für Seppe wurde es langsam Zeit für einen Krawattenwechsel, danach zog es ihn nur noch frustriert, müde und vor allem hungrig nach Hause, wo ihn sein treues Weib Mimicrema bereits mit dem strahlendsten Lächeln der Welt begrüßte: „Hast du Appetit auf ein Mini-Brikett mit zwei saftlosen Schenkeln aus dem Backofen oder würdest du stattdessen doch lieber eine Pizza Aglio i Oglio bevorzugen?"

In der Tat hatten die Hühnermänner nach sechs Stunden bei 250 Grad unter dem Umluftgrill große Ähnlichkeit mit dem aufgefundenen Leichnam im Kleinformat – sie fielen sogar noch ein wenig mickriger aus.

Sterben mit Niveau

Er war ein Blaublütiger mit reinrassigstem Stammbaum – zumindest solange er noch unter den Lebenden weilte. Nun aber wälzte sich der Conte Gisiberto de Mozzarella buchstäblich in seinem Blute. Das beileibe nicht blau war, sondern von tiefstem Karminrot. Man hätte es unbehandelt in jeden Malkasten abfüllen können. Und eigentlich wälzte er sich ja auch nicht, sondern sein adeliges Gesäß machte sich darin breit.

Man brauchte dazu kein Experte in Mord- und Totschlagaufklärung zu sein wie Capitano Giuseppe Caldofredo, um auch ohne Lesebrille zu sehen: Da saß ein Kaputter, so kaputt wie man kaputter gar nicht sein kann. Aber nicht etwa waidgerecht erlegt, wie es sich eigentlich für einen Grafen geziemt hätte, sondern feige dahingemeuchelt und durchsiebt von exakt gezählten dreiundfünfzig Stahlkugeln. Dort, wo sich früher einmal sein edles Knie befand, das jedem ebenso edlen Pferd aus seinem eigenen Gestüt in Randalazzo beim Reiten die Richtung vorgab, befand sich nur noch ein pulverisierter Klumpen. Man hätte diesen auch als ein Nes-Knie bezeichnen können.

Eigentlich lag der Tatort ja außerhalb von Caldofredos Revier, aber sein alter Spezi aus gemeinsamen Ausbildungszeiten und heutiger Privatschnüffler Salvatore di Farfalle, liebevoll von seinen Freunden kurz „Pasta" genannt, war als erster zur Stelle gewesen. Und wenn dieser Fall aufgeklärt werden konnte, dann von diesen beiden Experten für Leichen, Damen und Alkohol aller Art.

Eigentlich hatte es sich der Polizei-Chef von Pizzapiccola bereits in Umbertos Cantina bei einem Gläschen Roten gemütlich gemacht, als das Handy gegen seinen rechten Oberschenkel vibrierte.

„Seppe, erhebe deinen vermutlich völlig übermüdeten Kripo-Hintern, um einen ebensolchen überwiegend leblosen aus der Welt des Hochadels zu begutachten. Hier muffelt nämlich ein solcher vor sich hin und ich wette um eine Tankfüllung für deinen mickrigen Ferrari, dass du mit diesem Signore von edlem Schrot und Korn gemeinsam schon ein paar Golfbällchen in irgendeinem gelöcherten Rasen versenkt hast. Auf jeden Fall hat dieser Blaublütige nun ein ganz gewaltiges Handicap.

Seinem blattvergoldeten Ausweis nach handelt es sich um den Conte de Mozzarella. Mal ehrlich: Hast du schon mal erlebt, dass einer auf Grund von zarten Schrotkügelchen im Knie das Zeitliche gesegnet hat?"

Donnerwetter, das war endlich mal was anderes als die ewigen Anzeigen wegen Vorgartenverunreinigung mittels Hundekot oder Lärmbelästigung mittels Rasentrimmer. Begeistert wechselte Giuseppe Caldofredo noch rasch seine Krawatte, bestieg seinen bescheidenen Dienst-Ferrari und scheuchte auch noch seine beiden Mitarbeiter Tuttipasti und Papagallo auf, die sich quer auf die Rückbank legen mussten. Er gab seinem hubraumstarken Pferdchen die Sporen und peitschte es mit 187 Sachen über die kurvenreiche Landstraße.

Auf dem Schlosshof des ärmlichen Anwesens von grob geschätzt 830 Hektar brachte Seppe sein Wägelchen per Powerslide in die korrekte Richtung. Sofort empfing ihn sein alter Kumpel mit einem begeisterten Schulterklopfen und half ihm, die beiden Hilfspolizisten vom Rücksitz zu kratzen.

Von der an sich zuständigen Kriminalinspektion in Messina waren ebenfalls drei Mitarbeiter bereits vor Ort. Der eine, den sie wegen seinem prägnanten Riechorgan Pinocchio nannten, schien der Witzbold der Truppe zu sein. Was er auch gleich mit folgendem Bonmot unter Beweis stellte:

Er hängt den Arsch ins blaue Blut,

obwohl ihm das nicht gute tut.

Sein Vorgesetzter, Commissario Amadeus Produmo, bedankte sich bei Giuseppe für die Amtshilfe, denn dessen ausgezeichneter Ruf war selbstverständlich längst bis in jede Ecke der größten Insel im Mittelmeer vorgedrungen.

„Capitano, die Sache ist äußerst mysteriös und ich bekomme mit Sicherheit von allen hochrangigen Seiten Druck bezüglich einer sofortigen Aufklärung. Der Conte spielte nämlich mit dem Oberstaatsanwalt Bridge, sang mit dem Landgerichtspräsidenten im Kirchenchor und unser Olympiareiter Olario Concimo durfte ab und zu eines seiner ebenfalls reinrassigen Ponys satteln. Kein Mensch außer dem Opfer war übrigens auf dem gesamten Besitztum aufzufinden. Die Familie, die wir bereits verständigt haben, weilt derzeit zur adäquaten Wellness an den südfranzösischen Gestaden und das komplette Hartz IV-Personal hatte deswegen auch frei bekommen. Nur der edle Jagdhund Basso vom Ätnagipfel begleitete ihn offensichtlich auf seinem täglichen dreistündigen Rundgang. Leider konnten wir das allerliebste Tierchen noch nicht vernehmen, weil es unter Schock steht und die Polizeihundestaffel heute ihren Jahresausflug unternimmt", fügte er genüsslich grinsend hinzu. „Tatort ist vermutlich gleichzeitig der Fundort. Der Verblichene hat sich ein fürwahr lauschiges und standesgemäßes Plätzchen zwischen seinen Edelrosen Konrad Adenauer und einem Zierstrauch Admiral Nelson zum Sterben ausgesucht. Die neben ihm aufgefundene Flinte vom Kaliber 30/90 scheint dem Aussehen nach ähnlich betagt zu sein der Conte. Ich kann mich entsinnen, solche Waffen früher in Wildwestfilmen gesehen zu haben. Gehen wir mal davon aus, dass sie uns der Ballistiker als Tatwaffe bestätigt. Es scheint sich um eine echte Rarität zu handeln. Mit tollen Silberbeschlägen, bestens erhalten und auf Hochglanz poliert."

Graf Gisiberto de Mozzarella lehnte mit aristokratisch konzentriert geschlossenen Augen am Stamm eines zirka dreihundertachtundzwanzig- jährigen Birnbaumes. Der Capitano erkannte ihn auf Anhieb an seinen schlohweißen Haaren und der korrekten Kleidung inklusive Seidenkrawatte Karl Lagerfeld exklusiv als den Edelmann, mit dem er tatsächlich schon mal an einem Benefiz-Golfturnier zum Schutz der Krötenwanderungen im Lavagebirge teilgenommen hatte.

„Wir haben schon die ganze Nachbarschaft abgeklappert", mischte sich Caporal Pinocchio ein. „Aber bei einer Entfernung von mehr als drei Kilometern bis zur nächsten Behausung kann man schon mal einen Schuss überhören. Zudem wird der alte Herr sicher auch sonst mal auf Täubchen oder Wachteln für das adlige Mahl abgedrückt haben.

Apropos Abdrücken. Kennt ihr den? Der von starken Blähungen geplagte Jäger legte sich auf den Bauch, riss die Waffe an die Wange und ließ es laut krachen. Wenn ich meine Meinung dazu sagen darf, so ist die Sachlage eindeutig: Selbstmord mittels Schrotladung im Knie!"

„Eine Chance haben wir noch", fügte sein Vorgesetzter an. „Vielleicht identifiziert Basso vom Ätnagipfel dank seiner Fuchsbaunase den meuchelnden Fremdling. Andererseits wird der ja auch nicht so blöde sein, ausgerechnet in den nächsten Tagen hier einen Kondolenzbesuch abzustatten. Wir müssen aber durchaus auch die Möglichkeit eines Unglücksfalles in Betracht ziehen."

Commissario Produmo, der sich bisher zurückgehalten hatte, bestätigte, dass aus dem Waffenschrank von insgesamt fünfundsiebzig Langwaffen tatsächlich eine Flinte fehlte.

„Wir müssen davon ausgehen, Seppe", meinte Pasta, „dass es sich dabei um die Tatwaffe handelt. Sobald die Spurensicherung und der Medizinmann ihre routinierte Arbeit erledigt haben, wissen wir mehr. Einstweilen lassen wir den Edelmann-Leichnam standesgemäß in einem Edelmahagoni-Sarg in die Pathologie verfrachten. Ein solcher stand stets in den Mozzarella-Katakomben für solche ungeplanten Todesfälle bereit; schließlich ist es für einen blaublütigen Gutsbesitzer unzumutbar, in einem ordinären Zinksarg und womöglich noch ohne Kühlung auf Riesling-Temperatur zwischengelagert zu werden."

In diesem Moment stoppte vor der Freitreppe zum bescheidenen Schlösschen ein goldfarbenes Audi A 10-Cabrio, dem eine ebenso blonde wie hochhackige Schönheit entstieg. Nachdem die Außerirdische den Schal um ihre Hüften wieder um drei Zentimeter nach unten geschoben hatte, warf sie sich in die Arme des nächststehenden Polizisten. Dies war, wie konnte es anders sein, Kripo-Chef Giuseppe Caldofredo – zumal er der einzige war, der eine geschmackvolle Krawatte trug. Seppe klärte sie über den

Sachverhalt auf und bat gleichzeitig Corporal Tuttipasti um einen großen vergoldeten Wassereimer, um die bitteren Tränen der Signorina aufzufangen. Unter Schluchzen erklärte diese, dass sie die persönliche Sekretärin und Betreuerin des Verblichenen sei und ihm für diese Tätigkeiten Tag und Nacht zur Verfügung stand. Der Capitano bedauerte in diesem Moment, noch nicht das erforderliche Betreuungsalter erreicht zu haben, denn welcher sizilianische Macho möchte sich nicht von einer derartigen Rundum-Kurventrägerin betreuen lassen?

Wie sich zwischen ihren erschütternden Weinanfällen erraten ließ, wäre sie fast die uneheliche Tochter des Adel-Greises geworden, wenn dieser damals nicht vergessen hätte, bei einem Kuraufenthalt in Monte Carlo die blaue Stärkungs-Pille zu schlucken. Gisifredo habe ihr aber immer versprochen, sie zur Haupterbin einzusetzen. Da sie eine vorzügliche Reiterin sei, würde das Gestüt samt hochadligem Hund auf jeden Fall auf sie übergehen.

Inzwischen war der Abend angebrochen und beim gemütlichen gemeinsamen Essen im einzigen Dorfgasthaus wurde ausgiebig gefachsimpelt, wobei die wildesten Vermutungen kursierten. Am nächsten Morgen sollte dann die übliche Kleinarbeit beginnen.

Da es sich nicht mehr lohnte, in ihre Heimatreviere zurückzukehren, entschlossen sich alle Beamten, auch in der Pension zu übernachten.

Als sie am Morgen beim gemeinsamen Frühstück saßen, klingelte das Kneipentelefon. Privatschnüffler Salvatore nahm ab. Zuerst wechselte er die Gesichtsfarbe, dann legte er ungewohnt behutsam den Hörer auf die Gabel. Er schaute alle der Reihe nach an und prustete los: „Das war der Doc. Seine Hoheit von und zu Mozzarella verendete nicht etwa per Schock oder Blutverlust, sondern an Tetanus. Die verwendete Patronenladung stammte wie der vorsintflutliche Vorderlader wohl noch aus dem Südstaatenkrieg. Die Ladung bestand auch nicht wie üblich aus Blei, sondern aus Stahlkugeln im stattlichen Durchmesser von 6 Millimetern und diese waren im Laufe vieler Jahrzehnte und bedingt durch das feuchte Gemäuer total verrostet." Er drohte fast am eigenen Lachen zu ersticken und natürlich musste auch Spaßvogel Pinocchio noch einen draufsetzen, wobei sein Gesichtsärger bedrohlich hin und her schwankte:

„Willst gesund mit Schrot du schießen,
musst du dir BIO-Küglein gießen."

Von wegen dumme Esel

Wer kennt sie nicht, diese idyllische Postkartenansicht von Thira, der Hauptstadt der bezaubernden Kykladen-Insel Santorin. Strahlend weiße Häuser mit blauen Dächern und Fensterläden, vereinzelt orangefarbene Türen, Terrassen direkt über dem Meer. Fast auf jedem Urlaubsprospekt lockt dieses perfekte Feeling.

Den besonderen Kick bekommt man, wenn man mit dem Kreuzfahrtschiff in die Caldera einfährt, mit dem Blick auf die Steilküste, auf deren Spitze eben dieses Kleinod Thira thront.

Es gibt keinen Hafen im eigentlichen Sinne; das Ufer erreicht man nur mit Tenderbooten. Dort hat man dann die freie Auswahl, die Bergspitze zu erreichen: Die gemütlichste und stressfreiste Variante bietet die Fahrt mit der Seilbahn. Liegen jedoch gleichzeitig zwei Schiffe vor Anker, sind längere Wartezeiten unter glühender Sonne die Regel. Als Alternative bleibt der Aufstieg zu Fuß über rund 400 Stufen – auch nicht gerade ohne Fleiß und Schweiß zu schaffen –, es sei denn, man sieht es als Part des täglichen Fitness-Programms. Das abenteuerlichste Erlebnis ist und bleibt jedoch der Ritt auf Esels Rücken, was wiederum den vorherigen Vorschlag erschwert, denn treppensteigende Tiere erleichtern sich gerne auf ebendiese. Und so sollte der Fuß-Tourist unbedingt festes Schuhwerk tragen, um solcherlei gehäuften Hinterlassenschaften zu entgehen.

Capitano Giuseppe Caldofredo hatte sich gemeinsam mit seinen getreuen (und einzigen) Mitarbeitern Agente Enrico Papagallo, Caporal Bello Tuttipasti sowie Chefsekretärin Julia Primavera zu einer Auslands-Fortbildungsveranstaltung des IIPA (Internationaler Insel-Polizisten-Austausch) angemeldet. Da ihr Standort Pizzapiccola auf der größten Mittelmeer-Insel Sizilien beheimatet ist, bestanden keine Bedenken, im Quartett anzureisen. Für die drei Tage waren jeweils eine Stunde Theorie, eine halbe Stunde Praxis angesetzt; der Rest des Tages stand zu ihrer freien Verfügung, um sich die Inselschönheiten zu verinnerlichen. Seppe hatte keinerlei Bedenken, sich gerade dem letzten Teil des Terminplans ausgiebig zu widmen.

Doch zuerst mussten sie, wie bereits erwähnt, Thira erklimmen. Mittels einer 30-Euro-Münze losten sie letztlich aus, sich von Eseln hinauftragen zu lassen.

Der Eseltreiber verband für Papagallo, Tuttipasti und Signorina Primavera drei Esel zu einer Einheit und setzte sich selbst an die Spitze, nachdem er die relativ bescheidene Taxigebühr kassiert hatte. Er hatte dem Gespräch entnommen, dass Seppe von den anderen „Chef" genannt wurde und setzte daher voraus, dass dieser auch reiterfahren sei. Das entsprach ja auch der Wahrheit, denn schließlich hatte er bereits als 20-Jähriger an einem Nachwuchswettbewerb teilgenommen und wurde schließlich als 23. Sieger geehrt, nachdem er es beim Springreiten mühelos über zehn Zentimeter hohe Hürden geschafft hatte.

Also teilte der Eselreitstallbesitzer namens Aristoteles Canassis dem Capitano ein Tier zu, das auf dem rechten Auge erkennbar schielte und gleichzeitig mit dem linken Huf wütend aufstampfte.

Irgendjemand begrüßte ihn freundlich mit „Buon Giorno, Signore". Seppe schaute sich nach allen Seiten um, weil er nicht wusste, ob wirklich er gemeint war. Nun konnte er sich aber auch an dieses Paar erinnern, das bereits auf dem Schiff heftig gestritten hatte, weil sie sich nicht einig waren, ob man zu Hause den Wasserhahn abgestellt hatte. Während der Mann genauso strafwürdig schielte wie das Eselsgetier, verfügte seine bessere Hälfte über ein Becken, das der Eselsdame umfangmäßig in nichts nachstand. Von weitem hätte man also nicht sagen können, wer nun wirklich auf wem saß.

„Mal sehen, wer zuerst oben ist, Chef", schrie Papagallo und ließ sich zusammen mit seinen Kollegen in Gang setzen. Die Tiere schienen reichlich lustlos und so bewegten sie sich eher im Schneckentempo. Anders die beiden Esel vor Seppe, die in munteren Trab fielen. Vermutlich war es darauf zurückzuführen, dass ihnen der Mitpassagier vorher einen gehörigen Schluck aus einer Flasche eingeflößt hatte. Besonders das Tier, auf dem die streitsüchtige Frau saß, schritt im Zickzackkurs die endlose Treppe hinan. Man konnte sagen, die beiden schwankten um die Wette.

Als ihnen eine ganze Herde Esel entgegenkamen, die die Bergsteigerprozedur schon hinter sich hatten und sich für die nächsten Sattelgäste nach unten bequemten, drehte sich Seppes Tier ebenfalls und wollte sich dem Tross anschließen. Aber nicht mit ihm, nicht mit dem Kripochef von Pizzapiccola! Schließlich hatte er für die Aufwärts-Tour bezahlt und nicht umgekehrt!

Er klappte die Ohren seines IA-Tieres nach hinten und schrie ihm sämtliche Flüche und Schimpfwörter in dieselben, deren er mächtig war. Doch sein Chico – so hatte ihn Seppe getauft – war anscheinend gewerkschaftlich organisiert und machte sich überhaupt nichts aus den beamteten Bemühungen. Erst als der Capitano abstieg und ihn wieder in die korrekte Richtung brachte, resignierte das Stur-Tier.

Plötzlich begann der Esel vor ihm, der mit der Breithüftigen besetzt war, heftige Bocksprünge zu produzieren und näherte sich gefährlich der Balustrade, hinter der es mindestens einhundert Meter steil in die Tiefe ging. Der schielende Ehegatte versetzte dem Tier versehentlich noch einen heftigen Tritt in die Weichen, worauf dieses erschreckt hochstieg und die Signora mit der fraulichen Gestalt kurzerhand über das Geländer warf. Schnell gab ihm der Eigner der Abgestürzten wohl als Belohnung noch einen ausgiebigen Drink, worauf das Eselsgetier an heftigem Schluckauf litt.

Giuseppe Caldofredo waltete auf der Stelle seines Amtes, worauf er auch bei dieser Tagung nicht verzichten konnte, und stellte als erstes die Flasche sicher. Wodka Gorbatschow 48,3 % alc. Daher also der Schluckauf! Der Neu-Witwer schielte nach unten in die Tiefe; er konnte sich sicher sein, dass er künftige Reisen alleine antreten durfte.

Giuseppe pfiff seine Hiwis herbei. Er war sich nämlich sicher, dass zumindest Tuttipasti ein passendes Paar Fußschellen für den Esel-Täter am Gürtel trug. Sein vorläufig letztes geblöktes „IA" in Freiheit ließ sich leider nicht als Geständnis verwerten.

Der sofort veranlasste Test ergab bei dem Tier einen Blutalkoholgehalt von 8,73 %; er war somit vollumfänglich schuldunfähig. Und da wird immer behauptet, Esel seien dumm. Von wegen!

Der schwimmende Tod

Drei Tage lang hatten sie die Annehmlichkeiten der unvergleichlich schönen Kykladen-Insel Santorini genossen. Denn die eigentlich geplanten Fortbildungsmaßnahmen reduzierten sich infolge des tödlichen Eselausritts der Signora Rambazamba auf wenige Minuten. Der Polizeipräsident von Sizilien persönlich hatte sich nämlich in Anbetracht der Ermittlungserfolge des Quartetts aus Pizzapiccola für Zusatzurlaub ausgesprochen.

So hatte denn der Capitano Caldofredo mitsamt Agente Enrico Papagallo, Caporal Tuttipasti und Chefsekretärin Julia Delarosa den ganzen Tag am Lava-Sandstrand relaxt und zwischendurch landestypisch Kulinarisches zu sich genommen. Alles weggespült mit reichlich Wein, der es zwar nicht mit Seppes Favorit „Montepulciano, Jahrgang 1934", aus dem 10-Liter-Holzfässchen, aufnehmen konnte, aber immerhin…

Mit zahlreichen anderen Urlaubern erwarteten sie gespannt den berühmten Sonnenuntergang, als plötzlich aus der Gruppe von Engländern neben ihnen lautes Freudengeheul herüberdrang. Neugierig gesellten sich die Polizisten zu den anderen.

„Was ist los, ist etwa Aphrodite aus dem Meer gestiegen?", scherzte der Kripo-Chef, der inzwischen bei allen Urlaubern und Einheimischen bekannt war wie ein roter Hund.

„Schauen Sie, Capitano, eine Flaschenpost ist angeschwemmt worden. Und der Aufschrift nach zu urteilen, handelt es sich um besten Original schottischen Whisky aus einer Top-Brennerei in Edinburgh. Die werden wir jetzt gleich vernichten. Möchten Sie und Ihre Kollegen auch davon kosten?", fragte der eine, den sie Ben riefen.

„Leider nicht", lehnte Seppe bedauernd ab. „Wir sind offiziell noch immer auf Dienstreise. Wein ist zum Glück vom Alkoholverbot ausgenommen, jedoch keine harten Sachen. Lasst es euch munden. Prost!"

Die beiden Männer und eine Frau öffneten die Flasche und rochen am Inhalt. „Hmmmmm, köstlich!

Wie lange diese Post wohl unterwegs war? Auf jeden Fall hat der Seeweg dem Inhalt nicht geschadet."

Jeder der drei setzte die Flasche an und nahm ein paar große Schlucke. Doch bereits nach ein paar Sekunden fing der erste aus der Gruppe an zu schwanken. „Du wirst doch wohl nicht schon betrunken sein, Ben?" scherzten die beiden anderen. Doch nicht lange und auch sie krümmten sich vor Schmerzen und wanden sich am Boden. „Verdammt, was haben die Schotten in diese Flasche gemixt?" schrie Gordon und „Bitte Capitano, holen Sie Hilfe, mir ist plötzlich sterbenselend!"

„Renn zum Hotel, Tuttipasti", befahl sein Chef. „Die sollen einen Arzt aus dem Bett holen. Und er soll sich bitte beeilen. Hier ist nämlich die Kacke am Dampfen und das gleich in dreifacher Ausführung."

Die drei Whisky-Tester hatten inzwischen regelrecht Schaum vor dem Mund und bewegten sich kaum noch. Zwischen den Pulsschlägen lagen mindestens zwanzig Sekunden.

„Wenn da keiner Gift reingepanscht hat, fasse ich einer Hundertjährigen an den nackten Po", resümierte der Capitano. „Allah sei Dank, da kommt ja schon der Doc angedüst!"

Eine männliche Person im Schlafanzug, mit der Zahnbürste im Mundwinkel und einem Köfferchen in der Rechten sprintete auf die Gruppe zu, dass der Sand hohe Staubwolken aufwirbelte. Völlig außer Atem warf er sich neben die Frau, setzte aber zuerst bei sich selbst das Stethoskop an. „Einhundertneunzig zu 100. Ich brauch was zur Blutdrucksenkung. Geben Sie mir am besten einen Schluck aus der Pulle!"

„Um Himmels Willen, Doc", schrie Seppe. „Das ist ja vermutlich der Auslöser allen Ärgers."

Der Insel-Arzt Alexis Papadipoulos funzelte der Urlauberin mit der LED-Taschenlampe in die Augen und fummelte aufgeregt in seiner Notfallausrüstung herum. „Sieht ganz nach Strychnin aus. Ich gebe den Dreien eine Spritze zur Kreislaufstabilisierung und dann auf schnellstem Wege ab in die Klinik. Die Chancen stehen ehrlich gesagt 1:1.369.432.015, dass sie durchkommen. Die Gesichter sind schon blau angelaufen und das liegt ganz gewiss nicht am Alkoholgehalt des Schotten-Getränks. Bitte Capitano, funken Sie sämtliche Krankenwagen an und die Fahrer sollen sich möglichst nicht an Geschwindigkeitsbeschränkungen halten."

Doch das Trio schaffte es nicht. Bereits am nächsten Morgen beim Frühstück sorgte die Todesnachricht für betroffene Gesichter. Das war eindeutig Mord. Denn eine Whisky-Flasche mag im Meer schwimmen so lange sie will, sie leidet nicht durch solche „Lagerung", sondern reift eher mit zunehmendem Alter.

Capitano Caldofredo erhielt den offiziellen Auftrag, mit seinem Team für die Aufklärung dieser Straftat zu sorgen. Viele Vernehmungen standen am Anfang, denn sämtlichen Urlaubsgästen wurde die Abreise verwehrt.

Schon bald stellte sich heraus, dass die getötete Frau ein Verhältnis mit einem der anderen Hotelgäste begonnen hatte und ihr Ehemann Gordon, ebenfalls einer der Toten, ihnen auf die Schliche gekommen war.

Er entwarf die perfide Idee, mit einem Boot ein paar hundert Meter hinaus zu rudern und die Flaschenpost mit dem beigemengten Strychnin bei passender Flut ins Meer zu werfen. Es wäre das perfekte Verbrechen geworden, wäre er nur nicht so vergesslich gewesen und hätte nicht auch von dem Whisky gekostet. So hatte sich der Täter selbst eliminiert. Capitano Caldofredo aber wurde samt seiner Mannschaft mit höchsten militärischen Ehren am Strand verabschiedet und es wurde ihnen das Versprechen abgenommen, möglichst bald wieder zu kommen – aber diesmal als Urlaubsreisende.

Heiße Früchtchen – tiefgekühlt

Capitano Giuseppe Caldofredo, seines Zeichens Kripo-Chef in Pizzapiccola, wurde vom Fernsehpublikum der Kult-Serie „Sizilien sucht den Superstar" bereits zum wiederholten Male zum beliebtesten Polizeibeamten Siziliens gewählt. Und das nicht ohne Grund, denn es gab kaum eine Person weiblichen Geschlechts zwischen 18 und 93 Jahren, die sich nicht begeistert in seine stets weit geöffneten Arme gestürzt hätte.

Bereits mit einunddreißig Jahren hatte er die höchste Stufe im gehobenen Polizeidienst erklommen, sodass man ihm nicht nur die Hochstufung zum Vize Questore in Aussicht stellte, sondern sogar den Posten des Polizeipräsidenten der größten Insel Italiens erwägt hatte. Aber dann hätte „Seppe" samt Signora Mimicrema und fünf allerliebsten Bambini das heimatliche Dorf verlassen müssen, um ins ferne Palermo umzuziehen. In das Zentrum der sizilianischen Mafia, wo es ihm doch mit vollem Einsatz gelungen war, Pizzapiccola zu hundert Prozent ganovenfrei zu schießen.

Und so bestand sein Berufsalltag vorwiegend darin, sich mit anderen schwerwiegenden Problemen herumzuschlagen als da beispielsweise sind:

Die Befreiung eines männlichen Igels, der sich kopfüber in einen Joghurtbecher manövriert hatte;

Die Beruhigung einer Signorina, die beim Salatwaschen einen überdimensionierten Regenwurm mit einer Kobra verwechselte;

Ein verirrtes Lamm aus dem Hartz-IV-Sodomie-Bordell in Lasagnegrande zu retten;

Einen Esel festzunehmen, der wegen extremer Blasenschwäche ausgiebig sein Wasser vor dem örtlichen Video-Verleih gelassen hatte;

Ein ausgebüxtes Hängebauchschwein auf einer wilden Treibjagd mit dem Lasso einzufangen;

Ein Lama aus einem gerade gastierenden Wanderzirkus mit Hilfe von Rettungstauchern aus dem Swimmingpool des Dottore Di Caputto zu retten;

Den dementen Dalmatinerhund „SitzPlatz" als Belastungszeuge bei Gericht vorzuführen;

Einen psychisch kranken Waldspecht zu ermitteln, der mehrmals seinen Schnabel in einen orangefarbenen Lamborghini gehackt hatte, weil er diesen mit einer Speisemöhre verwechselt hatte;

Das Kniegelenk eines 16 Jahre alten Mopedfahrers zu suchen, das dieser anlässlich eines Unfalls auf der Landstraße zwischen Fettucine und Alto Ätna verloren hatte;

Den Verursacher einer Sachbeschädigung aufzuspüren, der ein neuwertiges Diesel-Modell der Euronorm 2 eines Audi-Motorenentwicklers von vorne bis hinten mit Sauerkraut verschmiert hatte. Als Grund für seine Untat gab der Täter an, dass er richtig sauer auf den Ingenieur gewesen sei;

Eine Airline dafür haftbar zu machen, dass im Vorgarten von Hochwürden ein handtellergroßer Eisklumpen aufgefunden wurde, der zum Himmel stank und eindeutig aus der Toilette eines Flugzeuges in der Einflugschneise stammte;

Anhand Hundekot-DNA-Proben den dazugehörigen Hundehalter ermitteln.

Man kann aus dieser kleinen protokollarischen Aufzählung ersehen, dass das Kripo-Team von Pizzapiccola, zu dem noch Agente Papagallo, Caporal Tuttipasti sowie die Sekretärin Julia Primavera zählen, auch ohne hochgradig kriminelle Machenschaften voll ausgebucht ist. Von den eindringlichen Verhören des Capitano bei attraktiven weiblichen Opfern oder Tätern ganz zu schweigen...

Kein Wunder also, dass Giuseppe Caldofredo nach einem Vierteljahr harter Polizeiarbeit auf dem berüchtigten Zahnfleisch wandelte und dringend nach Erholungsurlaub gierte. Beim ausgiebigen Blättern in der Fernsehzeitschrift stieß er auf eine Kreuzfahrt, die bei ihm geradezu offene Häfen anlief. Sofort buchte er im Reisebüro „Avanti!" in Messina bei Signorina Camilla Franco, die sich auch schon einmal einem Verhör bei ihm unterziehen durfte, acht Tage auf der „MS Omerta". Einzelkabine, um richtig auszuspannen.

In Palermo enterte er die Schiffsplanken des 90.873 BRT Ausflugsdampfers, wo er sofort begeistert vom Bord-Admiral begrüßt wurde, dem man von den Meriten des hohen Gastes berichtet hatte. Man wies ihm selbstverständlich eine Kabine in bester Lage zu – in direkter Nachbarschaft zu den Betten der weiblichen Balletthäschen, die für das abendliche Unterhaltungsprogramm verpflichtet worden waren.

Seppe packte sein bescheidenes Gepäck aus, das sich auf drei mickrige Koffer plus klimatisiertem Trolley für seine exquisiten Seidenkrawatten beschränkte. Lediglich auf Ersatzmunition für seine großkalibrige Dienstpistole sowie zwei Paar Handschellen hatte er wohlweislich verzichtet, sonst hätte er einen weiteren Koffer benötigt.

Dann war auch schon Zeit für das erste Dinner. Er entschied er sich nach langem Überlegen für die Krawatte mit roten Hyänen auf wüstensandfarbenem Grund.

Da bereits durchgesickert war, dass der Capitano mehrerer Fremdsprachen mächtig war, hatte man die Tischgäste entsprechend ausgewählt: Eine schwarzhaarige Senorita aus Andalusien, eine blonde Frida aus Norwegen und die rassige Bauchtänzerin Aische aus Marokko, die ebenfalls der Unterhaltungscrew angehörte. Altersdurchschnitt am Tisch: 23,6 Jahre.

Giuseppe als Hahn im Korb – wenn das kein guter Start war! Und die drei Damen ließen keinen Trick aus, um ihn bei sich an Land zu ziehen. Da wurden Blusenknöpfe geöffnet, Lippen gespitzt, Hände berührten sich und unter dem Tisch kamen sich Knie näher. Keine Frage, dass sich das Quartett für später in der Bar zum Tanz verabredete.

Vorher kam es jedoch während des Essens zu einem ungeplanten Zwischenfall. Einer der Kellner, der nur seine indonesische Zeichensprache beherrschte, beugte sich beim Servieren so tief zu Carmen herab, dass sich seine Kontaktlinse aus dem rechten Auge selbständig machte und direkt in ihrem Ausschnitt versank. Doch Seppe, ganz Kavalier alter Schule, kratzte die Sicht-Prothese von Carmens Bauchnabel, spülte sie in seiner Suppentasse mit der doppelten Rinderbrühe à la Toscana etwas ab und platzierte sie dem Besitzer wieder korrekt an Ort und Stelle. Minutenlang tränte das Gläserne von Rangun aus dem Fernen Osten noch nach, weil die Flamenco-Tänzerin ihren Body mit einem berauschenden After Shave benetzt hatte.

Es wurde ein feuriger, temperamentvoller Abend. Flamenco mit Carmen, Line Dance mit Frida und heiße Rumba mit Aische. Da man sich für die Planung der Nacht nicht einigen konnte, zogen sie einfach alle vier auf die Kabine der Norwegerin, wo die drei Schönheiten dann nur noch die Reihenfolge auslosten. Genauso stellte sich der Capitano seinen Erholungsurlaub vor.

Und am nächsten Tag war ja Seetag angesagt, bevor man Neapel anlaufen würde. Willkommene Gelegenheit, die Muskelpakete unter der grellen Sonne des Mittelmeeres zu rösten und in der „Immagine" (das Pendant der BILD-Zeitung) zu schmökern. Jeder bzw. jede döste entspannt vor sich hin und verzichtete auf das Mittags-Buffet.

Erst beim Abendessen wurden daher Aische und Frida am Tisch vermisst. Niemand hatte sie bemerkt und sie hatten sich aber auch nicht zu den Mahlzeiten abgemeldet. Nur Carmen war erschienen.

In dem Capitano machte sich berufsbedingt sofort gesundes Misstrauen breit und sein Jagdtrieb erreichte auf Anhieb erhöhte Drehzahl. Da erschien auch bereits der Staff-Captain am Tisch und nahm ihn diskret beiseite. „Signore, zwei Ihrer Tischdamen sind seit heute Nachmittag abgängig. Wir lassen schon das ganze Schiff nach ihnen absuchen. Bisher ergebnislos. Der Kapitän und alle Offiziere wären Ihnen sehr verbunden, wenn Sie Ihre große Erfahrung einbringen und uns bei der Suche unterstützen könnten."

Natürlich ließ sich Giuseppe Caldofredo nicht dreimal bitten. Er eilte nur noch rasch auf die Kabine, um den obligatorischen Krawattenwechsel zu vollziehen. Dann begleitete ihn der Sicherheitsoffizier zu den unteren Decks. „Meine Securities haben bereits alle Ecken überprüft; lediglich die Speisevorratsräume und die Kühlräume fehlen noch."

Baldare, der Offizier, und Seppe hüllten sich in wärmende Blousons und wühlten sich ergebnislos durch Regale voller Bananen, Melonen, Radicchio und Paprika. „Jetzt bleiben uns nur noch die Tiefkühlkammern mit Fleisch und Wurst", meinte der Staff-Captain und ließ sich die Türen von einem Hilfskoch öffnen.

Zwischen riesigen Mengen an Schinken, Steaks, Koteletts und anderen tierischen Abfällen stöberten die beiden nach menschlichem Fleisch. Und mitten auf einem Berg von Schweinelenden wurden sie endlich fündig. Die beiden heißen Früchtchen Aische, made in Maroc, und Norwegerin Frida lehnten tiefgekühlt – aber ansonsten gut erhalten – an einer Wand. Sofort bemühten sich der Kripo-Chef und der Offizier, die beiden extrem Erkalteten mit heißen Ganzkörperküssen wiederzubeleben, was ihnen auch rasch gelang.

Noch ehe die Kühl-Opfer verraten konnten, wer sie auf diese Weise haltbar machen wollte, rutschte Seppe auf etwas Glitschigem aus. Eindeutig eine Kontaktlinse! Jetzt musste man nur noch das passende Auge dazu finden. Aber das durfte wohl nicht allzu schwer sein. Schon gar nicht für Capitano Caldofredo. Und so wurde Tischkellner Rangun noch beim Servieren des Abendessens festgenommen. Als Motiv für seine unverzeihliche Tat gab er an, dass er überzeugter Vegetarier sei und bei einem solch großzügigen Fleischangebot an Tisch Nr. 8 nicht mehr Herr seiner Sinne war. Zur Strafe wurde er vom Kapitän höchstpersönlich für einen ganzen Tag in der Fleisch-Tief-kühlkammer eingesperrt.

Seppe aber bot alle Reserven auf, die beiden inzwischen völlig Aufgetauten mittels heißer Tänze vor einer bösartigen Erkältung zu bewahren.

Am nächsten Tag wurde ihm noch eine besondere Ehrung zuteil: Vor der komplett in Garde-Uniform angetretenen Besatzung überreichte ihm der Kapitän den Fleisch-Verdienst-Orden Erster Klasse am Bande von Starkoch Enrico Cuoco.

Fit, gut drauf und bumsfidel

Für einen Polizeibeamten genießt körperliche Fitness oberste Priorität. Und wenn dieser dann auch noch Kripo-Chef ist und auffallende körperliche Merkmale wie Idealgewicht und vom Bodybuilding gestählte Körpermaße vorweisen kann, ist ihm Bewunderung gewiss.

Capitano Giuseppe Caldofredo ist genauso in Judo wie im Rollkunstlauf ausgebildet und beim Seitensprung war er schon als Heranwachsender unschlagbar. Er besitzt im Schwimmen das Seepferdchen-Abzeichen und testet wöchentlich seine Schießkenntnisse auf der Dienstanlage, weshalb er in der Lage ist, in Schießbuden in Westernmanier aus der Hüfte jedem Plüschtier die Glotz-Augen aus der Birne zu schießen.

Gleich beim ersten Erkundungsgang durch das Schiff stieß Seppe auf eine Bowlingbahn und eine gut ausgestattete Mucki-Bude. Sofort quetschte er seinen muskelstrotzenden Oberkörper, für den eigentlich das Tragen eines BH 95 A obligatorisch wäre, in ein brillantrotes T-Shirt und seinen knackigen Po in einen ebensolchen String-Tanga. Dieser bedeckt von einer weißen Trainingshose, um die ihn sogar Tennisstar Nadal beneidet hätte. Doch das Tüpfelchen auf das i war die Krawatte, auf der sämtliche olympischen Sportarten abgebildet waren.

Beim Betreten des „Kraftwerkes" verstummten sofort die Gespräche. Nur noch das Stöhnen der weiblichen Studiogäste war zu vernehmen, was sicher nicht nur auf ihr hartes Gerätetraining zurückzuführen war. Sofort stürzte Carmen, seine Tischgenossin aus dem Restaurant, auf ihn zu und wand sich in ganz und gar nicht olympiareifer Sportbekleidung um seinen Hals, sodass sogar seine Krawatte errötete. Giuseppe nahm sie leidenschaftlich in die Arme, wobei er leider vergaß, dass er keinen Gauner drückte, sondern eine schwache Senorita, der bei dieser Begrüßung eine ihrer allerliebsten Spare Ribs angeknackst wurde.

Inzwischen nahten auch die beiden anderen Tischdamen Frida und Aische, welche Carmens Schreie ursprünglich als Ausdruck großer Freude über einen Lotto-Sechser interpretiert hatten und erst als diese dauernd mit schmerzverzerrtem Gesicht nach dem Dottore rief, wussten sie, dass es diesmal kein Spaß war. Doch als sie auf einer Bahre ins Bordhospital transportiert wurde, hatte sie bereits wieder ihr unwiderstehliches andalusisches Lächeln aufgesetzt.

Wenn das mal kein schlechtes Omen war! Gerade diskutierten die Mucki-Sportler in der Runde noch über den Vorfall, als es einen lauten Schlag tat und jemand entsetzlich jammerte. Beim Trainingsgerät Nummer 37 krümmte sich eine bildhübsche brünette Achtundzwanzigjährige auf dem Boden und schlug vor Schmerzen mit den Beinen wild um sich wie ein Maikäfer auf dem Rücken.

Als erster war Giuseppe bei ihr, kniete sich nieder und streifte ihr Shirt zwecks freierer Atmung hoch. Da sie keinen BH trug, legte er völlig arglos zwei vor Gesundheit nur so strotzende Lungenflügel frei. Sofort unterstützten ihn zwei weitere U 30 –Kraftpakete bei der Mund-zu-Mund-Beatmung, was der Verunglückten schnell wieder Farbe ins blasse Antlitz zauberte. Einer der Muckis wollte sich gar für eine Bluttransfusion zur Verfügung stellen.

Mirabella, so hieß die Trainingskameradin, stand trotz – oder gerade wegen – all dieser Bemühungen kurz davor, ohnmächtig zu werden.

„Ich verstehe das nicht", stammelte sie kraftlos. „Ich mache diese Übungen doch regelmäßig und noch nie ist etwas passiert. Du kannst das doch bestätigen, Fabrizio", wandte sie sich an den Leiter der Bizeps-Plantage. „Irgendwie muss sich die Verschraubung an der Hantelstange gelöst haben und so rutschte das Gewicht ab und vierzig Kilos knallten mir ungebremst auf den rechten Fuß. Ach übrigens, ich arbeite an der Rezeption. Mein Arbeitskollege und Freund Prodomo war gestern Abend auch im Training und arbeitete mit derselben Hantel."

Im gleichen Moment klingelte bei dem urlaubenden Polizeiobersten ein Herr Verdacht an der geistigen Haustüre und er setzte seinen kriminell forschenden Blick auf: „Das riecht ja geradezu nach vorsätzlicher Fußverletzung", dozierte er fachkundig. „Ich darf mich vorstellen: Capitano Giuseppe Caldofredo, Kripo-Chef aus Pizzapiccola. Sagen Sie, Mirabella, gab es vielleicht Probleme mit Ihrem Amigo?"

„Jetzt wo Sie es sagen, Capitano", antwortete die im wahrsten Sinne des Wortes Miss-Hantelte verdutzt. „Prodomo hat sich neulich tierisch aufgeregt, weil ich angeblich mit dem Avola geflirtet hätte. Dabei haben wir nur rumgeflachst und versucht, ihn ein wenig eifersüchtig zu machen. Wenn der wirklich so blöd ist, sich wegen einer solchen Lappalie zu rächen, dann kann er künftig mit einer anderen Tussi rumtrainieren."

„Ich stelle mich gerne als potenter Nachfolger zur Verfügung", drängte sich einer der Erste-Hilfe- Wiederbeleber vor, wobei sich seine Samenstränge deutlich unter dem hautengen Shirt abzeichneten. „Darf ich dir einstweilen einen doppelten Grappa bringen zur innerlichen und äußerlichen Einreibung?"

Inzwischen hatte sich der Umfang von Mirabellas Fuß dermaßen vervielfacht, dass er in keinen Zalando-Schuhkarton mehr gepasst hätte. Und ihre vormals scharlachrot bepinselten Zehennägel verfärbten sich blauviolett wie der romantische Sonnenuntergang bei Taormina.

„Ragazza dolce mia, du hast ja noch Glück gehabt. Wenn dir die Hantel auf deinen herrlichen Brustkorb gefallen wäre – nicht auszudenken", meinte der Kraftwerksbetreiber. „Aber jetzt schleppen wir dich mit vereinten Kräften zum Dottore. Freiwillige vor!"

Acht begeisterte Trainingsfleißige wurden für diesen Job ausgelost und die Fußkranke konnte sich ein Stückchen Galgenhumor nicht verkneifen. „Wie oft habe ich schon davon geträumt, einmal auf solch starken Händen getragen zu werden. Doch eigentlich eher über die Türschwelle statt ins Hospital. Hiermit kündige ich vor Zeugen meinem Ex-Lover mit sofortiger Wirkung seine Mitgliedschaft in meinem Gefühlsleben und meinem Bettchen."

Trotz dieser beiden Zwischenfälle widmeten sich die verbliebenen „Muckis" wieder hingebungsvoll ihren Trainingsprogrammen. Die Bauchtänzerin Aische verstärkt ihrer Bauchmuskulatur und die blonde Frida – ihres Zeichens Posthauptsekretärin bei Hurtigruten – dem Laufband.

Seppe band sich in der Kabine schnell eine andere Krawatte um, besprühte sich mit einem Liter Chanel Nr. 23 und stattete der rippengeprellten Carmen einen Besuch ab. Die Flamenco-Solistin war jedoch bereits wieder bumsfidel und quittierte Giuseppes Versprechen an Eides Statt, bei den Umarmungen künftig etwas weniger stürmisch vorzugehen, mit einem solch verführerischen Augenaufschlag, dass ihr fast die Pupille rausgerutscht wäre.

Willst du morden mit `nem Messer, nimm ein scharfes - schneidet besser!

Eigentlich wollte der Capitano nur eine entspannte Last-Minute-Marlboro auf dem Oberdeck in den sternenübersäten Mittelmeerhimmel qualmen lassen. Aber plötzlich durchbrach ein gellender Schrei die reine Seeluft und seine Gutenachtgedanken. Als kurz danach quasi als Zugabe noch ein stöhnendes Winseln – oder besser ein winselndes Stöhnen – folgte, unterstellte Seppe mit mitfühlendem Grinsen ein heißes Date.

Doch die anschließenden völlig unrhythmischen Gurgelgeräusche weckten in dem Kripo-Chef sofort unheilschwangere Vermutungen. Verdammt, da stimmte was nicht! Mit der rechten Schulter stemmte er sich von außen gegen das Bullauge der Kabine und katapultierte sich per Doppelsalto plus halber Schraube (Schwierigkeitsgrad 7,8) ins Innere. Und siehe da: Sein Uringefühl hatte ihn nicht getrogen. Auf dem Perser-Imitat gab sich eine vormals bestimmt recht anschauliche Blondine (28, Konfektionsgröße 48/34/52) ihren allerletzten nackten Leibes-Zuckungen hin, die aber garantiert nicht aus sexueller Lust resultierten. Denn aus ihrer ebenfalls formvollendeten Bauspeicheldrüse ragte das Heft eines 12,3 cm langen rostfreien Skalpells, wie es üblicherweise zur Amputation eines männlichen XXXXL-Oberschenkels verwendet wird, heraus.

Seppe gab sich per Dienstausweis zu erkennen und legte ihn korrekt neben der Ausgebleichten ab. Dann nahm er per Wattestäbchen, das er stets in seiner EH-Ermittlungsbox nebst Nagelfeile und einem Kilogramm Gips für etwaige Reifenabdrücke mit sich führte, von den herausströmenden drei Blutstropfen eine DNA-Probe.

So sehr er auch in jede Bett- und Sofaritze schaute; nichts in der Kabine ließ darauf schließen, dass hier ein Kampf stattgefunden hatte. Lediglich ein Stück abgetrennter Unterhosengummi (Marke „Uomo extra") zwischen den arktisweißen Beißerchen ließ vermuten, dass die schmählich Dahingedolchte Herrenbesuch empfangen hatte. Weitere Details würden sich erst anhand vertiefter Untersuchungen durch die Gerichtsmedizin ergeben.

Merde oder Sagradi, wie sein Kollege Alois Hintermoser aus dem fernen Niederbayern sagen würde. Konnte man ihm wirklich nicht ein paar Tage des Ausspannens vom aufreibenden Dienst in Pizzapiccola gönnen? Reichte es nicht schon, dass er an Bord dieses Freizeit-Transporters auf seinen geliebten Vino Rosso Montepulciano, Jahrgang 1934, aus dem 10–Liter–Eichenholzfässchen verzichten muss? Und nun schmeißt man ihm hier Leichen en gros vor die Füße.

Obwohl, wenn er in das liebreizende Gesichtchen samt Anhang der Toten schaute, musste er sich eingestehen, dass ihm schon Schlimmeres untergekommen war. Irgendwie kam ihm das Antlitz auch bekannt vor. Konnte es sein, dass er diese herrlich geschwungenen Lippen schon einmal geküsst hatte? Und da fielen ihm auch schon die Schuppen von den Augen wie bei einem zu heftig gegrillten Schwertwal. Natürlich, bei der verstümmelten Bauspeicheldrüse handelte es sich eindeutig um Antonella Calzone, der Nichte des Mafia-Oberstleutnants aus Catania. Au wei, mit dem Mörder konnte man jetzt schon Mitleid haben. Denn bei Angriffen auf Familienmitglieder verstand dieser steuerbegünstigte Verein keinerlei Spaß.

Giuseppe deckte wenigstens den weiblichsten aller Körperteile mit einem Tempo-Taschentuch ab, ehe er die Kabine verließ und sich auf den Weg zum Kapitän machte. Dieser ernannte ihn mit sofortiger Wirkung zum Leiter der S.A.B. (Sonderkommission an Bord) und unterstellte ihm sachkundige Mitarbeiter wie den Chefkoch oder den Barmixer aus der Observatore-Lounge.

Der Capitano aber verzog sich in eine ruhige Ecke – was auf einem italienischen Kreuzfahrtschiff ein schier unmögliches Unterfangen ist – und schaltete seine grauen Gehirnzellen ein.

Erstens: Wer hatte einen solchen Hass auf diese Schönheit in Person, dass er sie um die Ecke bringen beziehungsweise aus dem Verkehr ziehen musste und zweitens: Wer an Bord verfügt über ein solches Mordinstrument?

Denn eines war sicher: Zu den Menüs wurden solche handlichen Messerchen nicht eingedeckt. Weder zum herrlich zarten Steak vom einjährigen Angus-Rind noch zum Costoletta a la Milanese. Und auch der Bordfriseur konnte auf solche Utensilien verzichten. Wer blieb also noch übrig? Mitreisende konnte Seppe bedenkenlos von seiner imaginären Täterliste streichen. Nur ein Crew-Mitglied konnte sich Zugang zu der Kabine verschaffen. Blieb doch eigentlich nur der Bord-Arzt Dondorello Papista.

Nachdem der Capitano diesem beim eindringlichen Verhör den rechten Ellbogen in die Gegenrichtung gedreht und fünf Weisheitszähne ausgeschlagen hatte, gestand dieser auch ohne weitere Ausflüchte. Der Oberstleutnant der Mafia Catania hatte ihn angeblich wegen unerlaubter Schwangerschaftsabbrüche bei siebzigjährigen Unverheirateten erpresst. Als der Dottore erfuhr, dass seine Nichte an Bord war, wurde sie zum willkommenen Opfer.

Giuseppe blieb danach nicht mehr zu tun, als auch die restlichen Skalpelle zu beschlagnahmen, um weiteres Unheil von vornherein auszuschließen. An seinem künftigen „Wirkungsort" würde sie der Mediziner nicht mehr benötigen. Zumal sowieso nicht damit zu rechnen war, dass er seine Gefängniszelle lebend erreichen würde.

Heavy Metal in Mdina

Jeder, der zum ersten Mal in Valletta einläuft, ist überwältigt vom grandiosen Ausblick auf diesen Naturhafen mit seinen gewaltigen Festungsmauern.

Genauso erging es den Passagieren der MS Omerta, die sich komplett auf der Steuerbordseite versammelten, um die Akkus ihrer Kameras oder Smartphones zu strapazieren.

Es konnte daher nicht ausbleiben, dass sich das Schiff ob seiner mehr als bescheidenen Bruttoregistertonnen bedrohlich neigte, was fast zum Kentern geführt hätte. Erst als sich der Capitano Caldofredo reaktionsschnell auf die andere Seite begab, fand das Touristenboot sein Gleichgewicht wieder.

Am Pier festgemacht, strömten die Kreuzfahrtler zu ihren Ausflugsbussen. Giuseppe hatte sich jedoch dazu entschlossen, die überschaubare Insel auf eigene Faust zu erkunden und auf diese Weise möglichst viele Eindrücke in diesen Tag zu packen.

Er suchte sich zu diesem Zweck eine Kutsche aus, deren Fronttier jedoch schon bei seinem Anblick anfing, sich wie im Fieberwahn zu schütteln. „Pferd friert", sagte denn auch der Eigentümer auf dem Kutschbock. Seppe wurde vom Mitleid mit dieser geplagten Kreatur übermannt und flößte ihr ein paar Schluck aus dem mitgeführten Flachmann mit Vino tinto d.o.g.c. Nero d`Avola zwischen die zittrigen Nüstern. Doch daraufhin reagierte das Tierchen mit dermaßen heftigem Schluckauf und Durchfall, dass der Polizist zur See sein Vorhaben aufgab und sich lieber per Pedes auf die Socken machte.

Am Archäologischen Museum stoppte er und verschaffte sich einen beeindruckenden Überblick über die Geschichte des Eilands. Er hätte sich diesem Genuss noch wesentlich intensiver hingeben können, hätte ihn nicht plötzlich ein menschliches Bedürfnis heimgesucht. Fünf Tassen Cappuccino zum Frühstück waren einfach zu viel des Guten und seine Blase rebellierte an allen Enden. Doch nirgendwo in diesen altertümlichen Hallen war ein offizieller Hort der Erleichterung zu entdecken. So entschloss er sich entgegen aller Regeln, als gerade kein Aufseher oder andere Besucher in der Nähe waren, eine Terra Cotta-Schale aus dem Jahre 37 v.Chr. nachhaltig zu missbrauchen. Korrekt – wie es sich für einen Beamten seines Standes ziemt – legte er eine Ein-Euro-Münze neben das antike Schaustück.

Schon mehrmals hatten Leute aus seinem Bekanntenkreis von dem reizenden Fischerdorf Marsaxlokk und der mittelalterlichen Stadt Mdina geschwärmt. Seppe beschloss, beides miteinander zu verbinden und bestieg einen der eindeutig mittelalterlichen Busse, der dem deutschen Kraftfahrtbundesamt bestimmt als adäquates Anschauungsmaterial für Dieselgate dienen könnte.

In schwarzen Dieselwolken ächzte sich das Gefährt Richtung Marsaxlokk, wo schon von weitem die bunt bemalten Fischerboote, Luzzu genannt, mit der Sonne um die Wette strahlten. Die Augen am Bug sollen die Meeresjäger angeblich vor Gefahren aller Art schützen. Der reich bestückte Friedhof des Ortes ließ ihn allerdings an diesem Glauben zweifeln. Die in einem der urigen Lokale am Hafen genossene Fischsuppe entlockte ihm dagegen so laute Begeisterungsrufe, dass die anderen Gäste einfach mitapplaudierten.

Sein nächstes Ziel beschloss er per Taxi zu erkunden: Mdina, auch Stadt der Stille genannt. Die ehemalige Inselhauptstadt auf einem Hochplateau mit der beeindruckenden Kathedrale St. Paul zählt kaum 400 Einwohner. Vermutlich werden weitere Mieter davon abgeschreckt, auf jegliche Form von Stress und Hektik verzichten zu müssen. Denn im Ort gibt es weder Autoverkehr noch Lärm. Selbst lautes Reden am Handy ist verpönt. Es ist überliefert, dass ein deutscher Tourist, der reichlich angetrunken den Gassenhauer „Warum ist es am Rhein so schön" grölte, sofort in Ketten gelegt und für zwei Tage in glühender Hitze an den Pranger gestellt wurde. Eine heilsame Erziehungsmaßnahme, die man sich beispielsweise auch bei manchen unfähigen, twitternden oder korrupten Politikern und überdotierten Fußballtrainern vorstellen könnte.

Bei seinem erholsamen und relaxten Rundgang innerhalb der Festungsmauern fiel Seppe plötzlich ein Hinweisschild „Mdina Dungeons" auf, das noch von einem Skelett in einem Drahtkäfig aufgepeppt wurde. Gerade in diesem Moment erlitt er einen heftigen Niesanfall, was dazu führte, dass das Skelett sich in seine Einzelteile auflöste. Schnell entrichtete er die geforderten drei Euro Eintrittsgeld (Senioren doppelter Preis), um dieses ehemalige Inselgefängnis sachkundig zu überprüfen.

Schon als er die Eingangstüre öffnete, drangen dem Capitano stöhnende Laute und schmerzerfüllte Schreie entgegen. Die überaus realistisch dargestellten Menschenpuppen in ihren Zellen oder bei allerlei drastischen Folter- beziehungsweise Hinrichtungsmethoden überzeugten mit ihrem Einfallsreichtum. Seien es die gerollten Köpfe der Enthaupteten in einer staubigen Zellenecke oder die Körper auf der Streckbank, die das Doppelte ihres ursprünglichen Zustandes erreichen – der Kripo-Chef bedauerte, manche der Verhörmethoden nicht in die Neuzeit übernehmen zu können.

Als er den Ort des Grauens verlassen hatte, überfiel in dieser stillen Stadt ganz in der Nähe plötzlich schrecklicher Lärm seine Trommelfelle. Gitarrengejammer bis zum Anschlag, ein alles überdröhnender Bass und als Zugabe ein Drummer, der sich redlich bemühte, aus seinen Schlagstöcken wiederverwertbares Anfeuerholz zu produzieren. Sofort erwachten in Seppe wieder das Auge und die Hand des Gesetzes. Da musste er standrechtlich eingreifen. Das durfte einfach nicht sein. Kein Heavy Metal in dieser Stadt der Ruhe und der geistigen Erholung!

Er löste von seinem Hosengürtel drei passende Handschellenpaare und ließ sie um die frevelhaften Handgelenke der Musik-Verunstalter klicken. Und wo hätte es einen besseren Ort der Bestrafung für diese Störenfriede geben können als in Mdinas Dungeon?

Als der Capitano am Abend wieder seine Kabine auf der MS Omerta betrat, sah er ein Schriftstück auf seinem Bett liegen. Eine Urkunde der Inselregierung, die ihn zum Retter der „Stillen Stadt Mdina" auf Lebenszeit ernannte.

Ein Saxophonist, der kein „C"
spielen kann

Seppe beendete sein tägliches Fitnessprogramm nach achtundzwanzig Runden im 0,8 x 0,8 Quadratmeter großen und 30 Zentimeter tiefen Kids-Pool, um drei Damen mit fraulicher Figur und schöner Oberweite Platz zu machen, worauf diese voller Dankbarkeit unverzüglich den Beckeninhalt zum Überlaufen brachten.

Auf der Toilette stand er mit weiteren vier Blasenschwachen – quasi in Reih und Glied – am Pissoir, als er eine seltsame Entdeckung machte. Sein Nebenpinkler bemühte sich nämlich, mit der linken Hand sein bestes Stück zum Wasserlassen zu ermutigen und gleichzeitig mit der Rechten das Smartphone zu bedienen. Caldofredo bot spontan seine Hilfe an, was der jugendliche Liebhaber aber dankend ablehnte.

Danach wollte er auf dem Pooldeck noch ein wenig Seeluft erschnuppern, um frisch gestärkt und gesattelt für den festlichen Gala-Abend gewappnet zu sein.

Auf dem Treppenaufgang ist an jeder dritten Stufe ein Schild mit dem Warn-Hinweis „Watch your step!" angebracht. Da ein sehbehinderter Senior jedoch seine Brille vergessen hatte, musste sich dieser zum Lesen so tief bücken, dass er als Folge des schmerzlichen Stolperns nun auch noch gehbehindert war...

Beim Gala-Abend (für die meisten Damen der Höhepunkt der Kreuzfahrt – inklusive vorherigem Friseurbesuch und aufwendiger Maske –) ist es Usus, dass der Käpt`n jedem Passagier auf Wunsch seine souveräne Hand reicht. Natürlich vor der unaufhörlich klickenden Linse der Bordfotografen (Kosten 29,50 je Foto).

Wenn man sich vorstellt, dass der oberste Lenker des Bootes bei diesem Anlass geschätzt 1.258 Hände schüttelt, ist es absolut verständlich, dass er nach jedem Händedruck seine Rechte in den bereitstehenden Kübel mit Desinfektionsmittel eintaucht. Im Vergleich zu dieser körperlichen Höchstleistung bringt es ein Zahnarzt mit gut florierender Praxis vielleicht gerade mal auf dreißig solcher Handwaschungen pro Behandlungstag.

Okay, Giuseppe Caldofredo wird zwar von der Zwangsneurose geplagt, ständig seine Krawatte wechseln zu müssen. Aber man kann ihm nicht nachsagen, dass er deswegen seine monströse Dienstwaffe oder seine Klamotten nicht in Schuss halten würde. Doch an diesem Chef-Aufseher im Büffet-Restaurant passte überhaupt nichts zusammen. Dabei hätte man solches bei dessen Namen Alberto Lamborghini eigentlich erwarten dürfen. Stattdessen aber: Jackett-Ärmel, die seine Hände mit den Nasenbohrerfingernägeln komplett verschlangen. Hosenbeine, die am unteren Ende in Leggins-Manier seine schlaffen Waden enganliegend umschmeichelten. Das alles noch getoppt von abgelaufenen Schnabelschuhen – Farbe ehemals weiß.

Doch was wäre dies alles ohne den unnachahmlich italienischen, in unzähligen Stunden antrainierten, Laufstil „Ferse-Spitze, Ferse-Spitze".

Nach einer halben Stunde schweißtreibender Genuss-Mahlzeit war der Capitano so sehr von Mitleid zerfressen, dass er dem Pseudo-Oberleutnant der Besteck- und Tellergarde die Zehnvorzwölf-Fußstellung mittels zwei kräftigen Kicks gegen den Außenmeniskus zurechtrückte, die überlangen Jackenärmel ungesäumt mittels mitgeführter

Stecknadeln an den Handgelenken befestigte und den hochstehenden Schnabel des rechten Schuhs per vollem Körpergewicht wieder in die korrekte Stellung brachte.

Mit Tränen in den Augen dankte ihm Alberto Lamborghini und gelobte, seinen Namen schleunigst in Alberto Fiat abändern zu lassen.

Wieder im Freien, versuchte Giuseppe mittels eines vom Büffet geretteten Stücks Pizza gierigen Seemöwen den knurrenden Vogelmagen zu stillen. Prompt stürzte sich auch einer dieser Geier der Meere (Flügelspannweite 87,4 cm) in Stuka-Manier auf die Ecke „Pizza Proschiutto i Funghi" in seiner Hand. Schnüffelte daran herum, musste heftig husten und entfernte sich schnabelschüttelnd. Verwöhnte Biester! Aber seinem Gourmet-Magen mutet man zu...

Nach den kulinarischen Köstlichkeiten des Gala-Menüs drängte es Seppe nach einem Verdauungs-Tänzchen in der „Al Capone-Lounge". Ein Tanzpaar der Ü 80–Klasse bemühte sich, die in zehn Gold-Star-Kursen mühevoll antrainierten Cha Cha Cha-Figuren aufs Parkett zu legen. Für einen Cartoonisten geradezu ein Leckerli: Er seine Partnerin hüpfend umkreisend wie ein Känguru und sie mit einer Hundehütten-Figur (Zitat Heinz Erhardt: In jeder Ecke ein Knochen). Wobei die Brille ihren wuchtigsten Körperteil darstellte.

Der Capitano wusste nicht, ob er ob dieser Peinlichkeiten lachen oder doch lieber Mitleid haben sollte. Während die Mitreisenden dem greisen Show-Paar donnernden Applaus spendeten, wandte er sich doch lieber zwei miniberockten Schenkelchen der U 33–Klasse zu, die sich auch sofort im heißen Salsa-Rhythmus an ihn schmiegten. Die aufmerksame Band hatte dies sofort erkannt und reagierte mit der sehnsuchtsvollen Rumba „Romantische Nächte in Cefalù" als Zugabe.

Bei den ansonsten vortrefflichen Soli des Tenorsaxophonisten fiel Seppe dabei auf, dass er jedes Mal die Note „C" ausließ. Die anderen – nicht musiksachverständigen – Gäste schienen dies gar nicht zu registrieren.

Er hatte gerade mit seiner neuen Eroberung wieder Platz genommen, um sich mit einem Cocktail „Sex on The Beach" etwas abzukühlen, als der Erste Offizier auf ihn zuschritt und ihn höflich bat, mit zum Käpt`n zu kommen. Nicht schon wieder! Schweren Herzens eiste er sich von den beiden Schenkeln los und versprach, baldmöglichst zu ihnen zurückzukehren.

In einer Crew-Kabine empfingen ihn der Schiffsadmiral sowie einige weitere Offiziere und der Safety-Manager vor einem Körper ohne erkennbarem Gesicht. Denn der Kopf war regelrecht zu ungarischem Saftgulasch verarbeitet worden.

„Signore", wandte sich der Schiffsbefehlshaber an Giuseppe, „Sie haben uns auf dieser Reise schon ein paarmal mit Ihrem enormen Sachverstand geholfen. Bitte unterstützen Sie uns auch diesmal. Wie Sie selbst sehen können, ist der Leichnam nicht zu identifizieren. Uns wurde auch bisher noch kein Abgang bei der Crew gemeldet."

Capitano Caldofredo war quasi auf Knopfdruck ganz in seinem Element und begutachtete mit Argusaugen den Körper samt Gliedmaßen. Und da entdeckte er auf Anhieb, was anscheinend allen entgangen war: Dem Mann fehlte an der linken Hand der Mittelfinger.

„Meine Herren, beim Opfer handelt es sich zweifelsfrei um den Saxophonisten Ihrer Bord-Band. Mir fiel nämlich vorhin auf, dass er jedes „C" ausließ. Und für diese Note benötigt man nun einmal den Mittelfinger. Tatsächlich bestätigte der Bandleader, dass sich der Musiker vor einer Viertelstunde mit einem leichten Unwohlsein entschuldigt hatte und um eine Spielpause bat.

Seine Musiker-Kameraden vermuteten wohl, dass es sich um eine Eifersuchtstat handeln könne, aber der wahre Täter konnte nicht ermittelt werden.

Ein letztlich unbefriedigendes Ergebnis für Caldofredo; dennoch hatte er wiederum seinen Spürsinn beweisen können. Natürlich setzte er den so verheißungsvoll begonnenen Abend in netter Damengesellschaft fort – auch wenn ihm die lieb gewonnenen Saxophonparts ohne „C" fehlten.

Der einarmige Bandit

Selbst für einen optimal durchtrainierten Polizisten und routinierten Macho wie Giuseppe kann es anstrengend werden, an mehreren Abenden nacheinander und zudem nächtelang diversen Einladungen weiblicher Mitreisenden Folge zu leisten. Das kann durchaus in Stress ausarten, zumal ja auch in jedem Hafen Besichtigungstouren auf dem Programm stehen. Deshalb war er froh, als zwischen Malta und Neapel ein See-Tag angesagt war. Endlich Erholung pur. Sich mit etwas Lektüre im Liegestuhl auf dem Sonnendeck aalen, im Foyer an einem Salsa-Kurs für Fortgeschrittene teilnehmen oder sich durch die Auslagen der Shops wühlen.

Sein Weg zur Vormittags-Bouillon führte ihn zwangsläufig auch durch das Spiel-Kasino. Zu dieser frühen Stunde ist in solchen Sucht-Zentren üblicherweise Sauregurkenzeit. Die richtigen Gambler erscheinen generell erst nach dem Abendessen und dem Showprogramm.

Am Roulette gähnte sich der Croupier durchs Gespräch mit einem Passagier und begrüßte Seppe begeistert, als dieser sich am Tisch niederließ. Er tauschte hundert Euro in Chips, was auch den anderen Gast animierte, sein Nikkerchen abzubrechen und am Spiel teilzunehmen. „No more bets!" Seppe bestand hartnäckig darauf, auf seine Glückszahl Zahl 37 zu setzen, obwohl der Croupier ihn immer wieder verzweifelt darauf hinwies, dass es bei diesem Spiel doch nur 36 Zahlen gebe. Als die gewechselte Summe logischerweise auf diese Weise bald in den Sand gesetzt war, schaute der sizilianische Kripo-Chef beim Black Jack zwei Spielern interessiert über die Schulter. Die Regeln schienen relativ unkompliziert und so setzte er sich dazu. Erstaunlicherweise gelang es ihm auf Anhieb, möglichst nahe an den Wunsch-Kartenwert 21 zu kommen und so schob ihm der Casino-Angestellte immer wieder Chips zu, bis diese zu einem erklecklichen Häufchen angewachsen waren. Vielleicht war es Anfängerglück, aber er sackte in kurzer Zeit immerhin zweihundertfünfzig Euro ein.

Das ließ sich für ein Zocker-Greenhorn ja ganz gut an und er wanderte weiter zu einem Tisch, an dem laut Hinweisschild „Three Card Poker" gespielt wurde. Hier war mehr Betrieb und den Jubelgesängen nach zu urteilen, wurde auch kräftig gewonnen. Rasch zog der Capitano eine passende Reserve-Krawatte, auf der römische Goldmünzen abgebildet waren, aus der Hosentasche und band sie um, denn die obligatorischen 147 Minuten waren soeben abgelaufen. Dann setzte er sich auf den letzten freien Stuhl, tat es den anderen gleich, tätigte seinen Einsatz auch für Pair Plus und nahm gespannt seine drei Karten auf. Er hatte fünf, sechs und sieben in der Farbe Pik auf der Hand, womit er überhaupt nichts anfangen konnte. Seine Mitspieler hatten ihren Gesichtern nach zu urteilen allesamt ein mieses Blatt, doch als bei ihm ein Straight Flush aufgedeckt wurde, gratulierten alle und erklärten ihm, dass er einen Höchstgewinn erzielt hatte: Das 40-fache seines Einsatzes.

Nun müsste man eigentlich annehmen, dass ein so erfahrener und hochdekorierter Kriminalist auch in Sachen Glücksspiel bewandert ist; aber in diesem Ressort fehlte ihm leider jegliche Kompetenz. Zum einen konnte er privat auf solche Nebenverdienste verzichten und zum anderen bot sich in Pizzapiccola und den umliegenden

Ortschaften keinerlei Gelegenheit, sich diesbezüglich aus-zubilden. Illegales Glücksspiel fiel nämlich ausschließlich in die Zuständigkeit des Betrugsdezernats in Palermo.

Auf jeden Fall verabschiedete sich Giuseppe mit dick ausgebeulten Hosentaschen voller Chips und wechselte sie an der Kasse gegen ein Bündel Bargeld. Donnerwetter! Das reichte ja fast, um zu Hause den großen Durst seines Ferrari-Cabrios für eine ganze Woche zu stillen.

Jetzt hatte er richtig Lust auf mehr bekommen und seine eingeplante doppelte Rinderbrühe längst abge-hakt. Stattdessen wandelte er an den langen Reihen mit Spielautomaten entlang, die vorwiegend von Damen äl-terer Jahrgänge bevölkert waren. Fast alle Geräte wurden mittels Knopfdruck in Gang gesetzt, doch in einer Ecke entdeckte er noch ein paar Oldtimer-Modelle, die im Ge-gensatz zu den anderen relativ primitiv aussahen und ihn an Antiquitäten aus amerikanischen Spielfilmen über das Spielerparadies Las Vegas erinnerten.

Genau vor einem solchen Relikt aus vergangenen Zei-ten nahm er Platz und fütterte den Automaten, den man noch mit einem Hebel auf der rechten Seite starten mus-ste. Aus diesem Grund werden diese Spielgeräte bekannt-lich auch „Einarmige Banditen" genannt. Doch Seppes Glückssträhne schien plötzlich genauso beendet zu sein, wie sie begonnen hatte. Denn auch nicht ein einziges Mal zeigten sich drei identische Kirschzweiglein, Aprikosen oder Diamantensymbole im Sichtfenster. So machte er nach einer Weile ziemlich frustriert einem Gast Platz, der offenbar rechts eine Armprothese trug. Und wie in den Seeräuberfilmen alter Prägung befand sich an Stelle der Hand ein metallener Fleischerhaken. Genau mit diesem bediente er den Starthebel. Gleich bei den ersten Versuchen gelang ihm, auf was Giuseppe vergeblich gehofft hatte und die Münzen klapperten nur so in das Geldausgabefach. Oder auf einen einfachen Nenner gebracht: Alles, was der Capitano quasi als Sponsor vorher in den gierigen Schlitz gesteckt hatte, wurde nun des Piraten-Verschnitts fette Beute.

Seppe schaute sich das eine Zeitlang an, bis er den Serien-Gewinner bat, ihn doch auch nochmals ans Gerät zu lassen. „Kein Problem", meinte der Hakenträger, der sich nebenbei als Landsmann aus Neapel vorstellte. Er räumte das Münzfach leer und überließ dem Polizisten seinen anscheinend unschlagbar auf Gewinn programmierten Platz.

Doch dieser wiederum konnte an dem Einarmigen Banditen noch so zärtlich oder kräftig ziehen – ohne zählbaren Erfolg. Kaum saß der Amputierte wieder am Spielautomaten, füllte sich konstant sein Geldsäckel. Das konnte doch nicht mit rechten Dingen zugehen! War es etwa möglich, dass die rotierenden Spulen im Gerät auf Magnetimpulse reagierten, die von der Pseudo-Metallhand ausgingen? Oder sollten vielleicht Befehle mittels Funksignalen gesendet werden wie bei den heutigen Handless-Free-Keys zum Öffnen der Autotür?

Seppe winkte einen der Casino-Aufseher herbei und bat ihn leise, aufzupassen, dass sich der Gast nicht entferne, während er den Manager des Gewinn- und Verlusttempels über seinen Verdacht informierte. Gemeinsam geleiteten sie zu zweit den glücklichen Dauergewinner ins Büro, wo auch bereits der alarmierte Sicherheitsoffizier auf sie wartete.

Der Capitano gab sich mit seinem Dienstausweis zu erkennen, der leichter zu tragen war als seine großkalibrige Pistole, worauf sämtliche Casino-Hosts herbeieilten, vor Hochachtung die Hacken zusammenschlugen und strammstanden. Der Gewinnabonnent wurde aufgefordert, seine Jacke auszuziehen. Und da konnten sie zu ihrem großen Erstaunen sehen, dass der glückliche Neapolitaner mitnichten ein Anwärter auf einen parkscheinfreien Behindertenparkplatz war. Vielmehr erblickte der angeblich amputierte rechte Arm plötzlich wieder unversehrt das Licht des weiten Horizontes. Der Metallhaken, der als Handersatz diente, war mittels Klebebändern am Arm befestigt worden. Aus dem einarmigen Banditen war auf wundersame Weise wieder ein zweiarmiger auferstanden. „Zum Glück" könnte man sagen, denn wie sonst hätte der Security die stählernen Handschellen befestigen sollen?

Giuseppe Caldofredos Verdacht bestätigte sich: Der Gauner hatte ein Programm zurechtgestrickt, mit dem er die Steuerung des Spielautomaten austricksen konnte.

Rasch wechselte der urlaubende Kripo-Chef auf der Kabine seine Krawatte, ehe ihm der Casino-Manager voll Dankbarkeit über seine Spürnase die erkleckliche Gewinnsumme des Betrügers als Belohnung aushändigte. Beim Dinner wurde Seppe sogar an den Kapitäns-Tisch geladen, wo er nebenbei zum Automatenbetrügeraufklärer h.c. (ehrenhalber) auf Lebenszeit ernannt wurde.

Oft ist es ihm peinlich, für seine besonderen Leistungen ausgezeichnet zu werden, füllen diese Urkunden und sonstigen Ehrengaben doch inzwischen eine ganze Vitrine in seinem häuslichen Arbeitszimmer.

Der heisere Muezzin

Die „MS Omerta" hatte im Hafen von Tunesiens Hauptstadt angedockt. Giuseppe Caldofredo unterbrach sein bescheidenes Mittagspäuschen von dreieinhalb Stunden, um noch kurz vor dem Dinner der Medina von Hammamet einen Besuch abzustatten.

Auf dem Weg zur Altstadt vernahm er plötzlich ein heiseres Krächzen, das von irgendwo aus der Höhe zu kommen schien und seine pavarottiverwöhnten Lauscher kränkte. Wie auf Kommando warfen sich rings um ihn sämtliche vollbärtigen Männer blitzschnell zu Boden. Da Seppe einen Terroranschlag vermutete, tat er es ihnen gleich. Als jedoch das Krächzen nicht nachließ und die zu Boden Gegangenen in einen kurz darauf einsetzenden Singsang einfielen, wurde sich der Capitano bewusst, dass es sich um das Nachmittagsgebet handeln musste, zu dem der Muezzin (Gehaltsstufe 3 A Moschee-Dienst Tunesien) einlud.

Man muss wissen, dass es sich bei dem Muezzin um einen so genannten Ausrufer handelt, der fünf Mal am Tag die gläubigen Moslems zum Gebet auffordert. In etwa vergleichbar mit dem Läuten der Kirchenglocken durch den Mesner in der christlichen Kirche.

Seppe nahm sich jedenfalls vor, dem Vorbeter nachher ein paar Halspastillen „Fishermans Friend" zu opfern als probades Gegenmittel für seinen offensichtlichen Stimmbruch.

Zu seinem grenzenlosen Erstaunen wurde das per Mikrofon übermittelte monotone Stimmengewirr jedoch plötzlich von etwas abgelöst, das ihm bestens bekannt war. Aus dem Lautsprecher hoch oben auf dem Minarett erklang eindeutig der Südtirol-Song „Schatten über´m Rosenhof", ein Erfolgshit der Kastelruther Spatzen.

Also doch ein Terror-Akt, aber auf das islamische Religionsempfinden. Der Capitano aus dem fernen Sizilien setzte unverzüglich zu seinem unwiderstehlichen Spurt an und erklomm über 187,5 ausgetretene Stufen den musikalisch geschändeten Turm der Moschee. Und dort fand er tatsächlich in einer total verstaubten Ecke den blutüberströmten Körper des Minarett-DJs. Neben dem CD-Player lag eine Hülle mit den Erfolgstiteln der Südtiroler Mega-Formation.

Seppe entsicherte seine 27-schüssige Beretta, um etwaige anwesende Täter damit nachhaltig zu perforieren.

Aber der Kastelruth-Fan musste wohl Flügel bekommen haben. Nirgends war auch nur ein Hemden-Knopf oder abgebrochener Fingernagel aufzufinden, geschweige denn die Tatwaffe. Schweren Herzens legte der urlaubende Kripo-Chef bei dem Verletzten mittels Krawatte Nr. 241 einen Notverband an und ersetzte diese unverzüglich durch ein stets mitgeführtes Ersatz-Exemplar. Bevor er sich den in seinem Blute Schwimmenden auf die Schulter warf, suchte er auf der CD noch rasch einen weiteren Musik-Titel als Pausenfüller zur Wiedergabe über die Musikanlage aus. Er entschied sich für Helene Fischers „Atemlos". Genauso fühlte er sich auch, bis er nach dem beschwerlichen Abstieg aus dem Turm des Grauens unten ankam. Zumindest für den nächsten Gebetstermin würden die Gläubigen auf einen Ersatz-Ausrufer warten müssen.

Auch wenn weder Täter noch Motiv für diesen unerklärlichen Angriff auf den Muezzin Achmed ben Sukari aufzufinden waren, bedankten sich bei Capitano Giuseppe Caldofredo sowohl der unverzüglich herbeigeeilte Polizeipräsident, der zusammen mit sämtlichen 103 Beamten aus der Nachmittagsschicht in Gardeuniform ein Spalier bildete, als auch der zuständige Ober-Imam für den mutigen und selbstlosen Einsatz und überreichten ihm unter tausend Verbeugungen eine Zehnerkarte für Kamelausritte in einer Kakteenplantage.

Magic moments

Was ist das wichtigste Requisit eines Zauberkünstlers? Richtig: Seine Hände. Und so verfluchte „Maestro Miracola", der an diesem Abend seinen ersten Bühnenauftritt von insgesamt drei Verpflichtungen an Bord absolvieren sollte, bereits am frühen Morgen diesen hochgradig besch…… Tag. Denn ein heftiger Windstoß auf dem Sonnendeck hatte zur Folge, dass er sich sämtliche Finger der rechten Hand zwischen einer schweren Metalltüre einquetschte. Obwohl er ihnen sofort in der Bar ein wohltuendes Whisky-Bad spendierte, blieben die blauviolett Angelaufenen ziemlich gefühllos.

Doch das war ja erst der Anfang. Als er sich vom Zustand seiner tierischen „Assistenten" überzeugen wollte, musste er zu seinem Leidwesen feststellen, dass sein Kaninchen namens Blacky sich eine böse Erkältung eingefangen hatte. Man stelle sich vor, wie er diesen aus dem Hut zaubern sollte – hustend und vor Fieber um sich wedelnde Hängeohren! Und von den insgesamt fünf Tauben hatten sich zwei kurzfristig entschlossen, künftige Auftritte im Bordtheater gegen eine gut dotierte Karriere als Brieftauben bei Posta Italiana einzutauschen. Sie waren sozusagen über das offene Meer entflattert.

Quasi als Sahnehäubchen musste er dann auch noch zur Kenntnis nehmen, dass ihn seine Show-Partnerin und Verlobte mit dem Zimmermann der bordeigenen Handwerkercrew betrog; er hatte beide auf einem Schiffsrundgang in flagranti erwischt und ihr angedroht, sie bei nächster Gelegenheit platt zu machen. Kurzum: Ein zauberhafter Tag schien sich anzubahnen für den Maestro.

Giuseppe Caldofredo hatte sich schon immer für die edle Zauberkunst begeistert. Obwohl er inzwischen wusste, wie einige der Tricks funktionierten, bewunderte er vor allem die Fingerfertigkeit, mit der die Magier ihr dankbares Publikum verblüfften. Keine Frage also, dass er pünktlich zum Veranstaltungsbeginn im Theater erschien. Und er hatte Glück – in der ersten Reihe war noch ein Platz frei.

Ein Tusch ertönte und der Kreuzfahrtdirektor kündigte den Maestro gleich in fünf Sprachen mit geheimnisvoll flüsternder Stimme an: „Liebe Gäste, lassen Sie sich nun in das Reich der Magie entführen von unserem Meister des Übersinnlichen – hier ist Miracola mit seiner reizenden Partnerin Ivanka. Empfangen Sie die beiden mit einem donnernden Applaus!"

Als sich die Scheinwerfer auf das Duo richteten, wäre der Herr der schnellen Finger total geblendet fast über ein Mikrofonkabel gestolpert und plötzlich hörte man auch jemand laut niesen. Es klang so, als würde es aus seinem Hut kommen. Normalerweise sollte sich dort Kaninchen Blacky unter einem doppelten Boden aufhalten. Wie gesagt: Normalerweise. Der Trick heißt ja deswegen auch „Ein Kaninchen aus dem Hut zaubern!" Aber als sich Miracola nach dem ersten Kunststück, bei dem er ein zerschnittenes Seil wieder heil machte, höflich verbeugte und den Hut zog, fehlte besagter Blacky. Stattdessen hoppelte der Osterhasen-Verschnitt fröhlich aus einer Schachtel mit Zauberzubehör quer über die Bühne.

Das Publikum applaudierte begeistert, weil es wohl der Meinung war, es handle sich um eine Gag-Aktion. Auch als es dem Maestro trotz aller Anstrengungen nicht gelang, eine der Tauben in einen Dackel zu verwandeln und stattdessen diese mit einem klimaschädlichen Plastik-Frosch im Schnabel umherflog, tobte das Auditorium. Doch als auch der weltberühmte Trick mit der „Schwebenden Jungfrau" in die Hose ging, indem Partnerin Ivanka vermutlich wegen ihres morgendlichen Seitensprungs jedes Mal den Halt verlor, wurde es Miracola zu viel. Er - der vielfach Ausgezeichnete - der Lächerlichkeit preisgegeben. Er hatte die Faxen dicke. Von den Zuschauern quasi als Künstler-Depp ausgelacht zu werden...

Aber der Höhepunkt der Show musste einfach gelingen: Die zersägte Ivanka. „Bei der nächsten Nummer werde ich meine Partnerin auf offener Bühne vor Ihrer aller Augen in zwei Hälften zerteilen. Ich bitte für diese lebensgefährliche Aktion um die Unterstützung durch einen Herrn im Saal." Er schaute dabei so penetrant auf den urlaubenden Kripo-Beamten, dass dieser gar nicht anders konnte, als auf die Bühne zu klettern, wollte er nicht als Feigling durchgehen. Verdammt, wenn Seppe das geahnt hätte, wäre noch rasch vorher ein Krawattenwechsel erfolgt.

Nachdem Caldofredo artig seinen Vornamen genannt hatte, musste Ivanka sich auf ein schmales Brett legen, wo sie mit Armen und Beinen festgebunden wurde. Dabei zischte ihr der zauberhafte Herr und Meister kaum hörbar zu: „Jetzt mach ich Gulasch aus dir, du Schlampe. Dann kann dir dein Freizeitbumser einen schönen Sarg zurechtzimmern!" Er überreichte dem Kreuzfahrt-Passagier Giuseppe eine Säge – besser auch als Fuchsschwanz bekannt – und bat ihn, ihre scharfen rostfreien Zähne an einer Salatgurke zu testen.

Der Schlagzeuger der Bord-Band hob zu einem Trommelwirbel an und Maestro Miracola setzte die Säge an Ivankas Hüfte.

„Wenn ich jetzt den bisher makellosen Körper dieser bildschönen Signorina in zwei Hälften zerstückle", drohte er mit unheilverkündender Stimme, „für welchen Teil möchten Sie sich dann entscheiden, Signore Giuseppe?", wandte er sich an den derzeitigen Capitano zur See.

„Wenn ich schon wählen darf, nehme ich die für mich wertvollere untere Hälfte", griff Giuseppe den Spaß auf, wobei er sich allerdings geschworen hatte, diesen Trick mit allen Sinnen hellwach zu beobachten. Er traute diesem Schmieren-Zauberer nicht über den Weg, zumal er dessen Drohung in Sachen Gulasch-Produktion belauscht hatte. Und tatsächlich begann der begnadete Kaninchen- und Taubendompteur Miracola mit einem zynischen Grinsen mittels Sägeblatt an Ivankas herrlichem Hüftfleisch herumzusäbeln, bis Blut aus einer tiefen Wunde hervorspritzte.

Das hatte nichts mehr mit Show-Programm zu tun; das war bitterer Ernst. Der Capitano stürzte sich deshalb – ganz Polizist – auf den eifersüchtigen Magier und riss ihm das Schlachtinstrument aus der Hand. „Ich verhafte Sie wegen versuchtem Mord und übergebe Sie dem Sicherheitspersonal an Bord. Im nächsten Hafen werden Sie an Land verfrachtet, wo Sie dann in einer einsamen Zelle neue Zaubertricks einüben können. Allerdings ganz ohne Tauben, Kaninchen und weibliche Assistenz. Von einer Metallsäge ganz zu schweigen."

Dann fischte „Seppe" eine Tube mit Pattex-Sekundenkleber samt einem Heftklammerapparat aus der Hosentasche und verschloss damit die klaffende Wunde an Ivankas Hüfte.

Inzwischen war auch der Bord-Arzt eingetroffen, der sich um die Bewusstlose kümmerte und den Polizeichef aus Pizzapiccola wegen seines schnellen Eingreifens und seiner überragenden medizinischen Kenntnisse in den höchsten Tönen lobpreiste.

An Bord sprach sich das professionelle Eingreifen von Giuseppe wie ein Lauffeuer herum und wo er auch erschien, wurde er zum Spielball enthemmter weiblicher Fans. Schon auch wegen seiner auf der Bühne geäußerten Vorliebe für untere Körperhälften. Zum Glück hatte er ja einen ausreichenden Krawattenvorrat eingepackt, um alle Einladungen der Reihe nach wahrnehmen zu können.

Durch die Wüste

(nicht zu verwechseln mit Karl Mays
gleichnamigem Abenteuer-Roman)

Giuseppe Caldofredo hatte zum ersten Mal in seinem Leben an einem Preisrätsel von Ferrari teilgenommen (die Lösung lautete „Krawatte"), weil er hoffte, mit einem solch wertvollen Stück den Bestand seiner eh schon reichhaltigen Sammlung weiter aufzustocken.

Doch irgendwie klebte ihm bei der Verlosung das Pech an den Schuhsohlen. Und so blieb ihm lediglich der Hauptgewinn in Form einer einwöchigen Flugreise nach Kenia inklusive Besuch eines Wildtier-Reservats plus Wüstensafari im Jeep samt Rallye-Fahrer.

Nachdem er seinen Koffer gepackt hatte – einen separaten Trolley hatte er ausschließlich für seinen Krawattenvorrat reserviert –, verabschiedete er sich eine Nacht lang von seiner liebenden Gattin Mimicrema und verbrachte danach noch zwei dienstliche Einweisungs-Nächte mit seiner langhaarigen rassigen Sekretärin Julia Primavera.

Bereits im Flugzeug wurde seinem stets hellwachen Auge des Gesetzes gewahr, dass im schwarzafrikanischen Erdteil die Uhren offensichtlich völlig anders ticken als im heimatlichen Städtchen Pizzapiccola. Auf dem Nebensitz hatte ein ebenholzfarbig Gebräunter Platz genommen, der aufmerksam die neueste Ausgabe der „Nairobi News" studierte. Als die Stewardess die Getränkewünsche abfragte, begnügte er sich zum Erstaunen aller mit einer Tasse heißem Wasser. Aus seiner Hosentasche zauberte er eine Packung hervor, der er einen Brühwürfel entnahm und in dem heißen Wasser auflöste. Als ihn Giuseppe neugierig fragte, was er denn da zu sich nehme, entgegnete ihm der sowohl Dunkelhäutige als auch -äugige, dies sei „Nes-Mensch" und stelle sein obligatorisches Mittagsmahl dar.

Nach der Landung suchte der Capitano i.F. (in Ferien) auf dem Rollfeld vergeblich nach Hilfspersonal. Erstaunt musste er registrieren, dass das Ausladen des Gepäcks unter Aufsicht eines Massai-Unteroffiziers mittels Arbeitselefanten erledigt wurde. Auf seine höfliche Frage an diesen Rüssel-Ausbilder, ob die Minilohn-Beschäftigten denn auch gewerkschaftlich organisiert seien, erhielt er leider keine Antwort. Wen wunderte es da noch, dass sie an der Gangway statt eines Busses Hyänen-Sänften zum Transport ins Flughafengebäude erwarteten.

Nach dieser locker-tierischen Begrüßung nahmen es der Zoll und die Sicherheitskontrolle im Ankunfts-Terminal dafür umso genauer. Giuseppe registrierte genervt, dass man ihm die letzten 3 1/4 Zigaretten abnahm und dafür auch noch fünf Kenia-Rubel als Strafe verhängte. Erst als er seinen Dienstausweis vorlegte, wurde ihm der Betrag wieder erstattet und er erhielt quasi als Goodwill-Aktion einen Gutschein für einen einstündigen Hyänen-Ausritt. Eine attraktive Mitreisende traf es wesentlich härter: Sie wurde gleich von mehreren Securities gewissenhaft an sämtlichen Körperöffnungen auf die Einfuhr verbotener Gegenstände untersucht.

Nach einer abenteuerlichen Fahrt in einem Rolls Royce Baujahr 1938 empfing ihn in der Hotel-Lobby ein freudig erregter Schwarm Moskitos, der sich an sämtlichen ungeschützten Hautpartien festsaugte. Immerhin besänftigte ihn der Begrüßungscocktail – bestehend aus 30 Eiswürfeln und 1 Zentiliter Rum – etwas.

Danach stürzte Seppe sich auf eine Lokalität mit dem anspruchsvollen Namen „Café Milano" und bestellte sich einen heiß ersehnten Espresso. Doch außer der Trinktemperatur und der Farbe hatte das gelieferte Getränk nichts mit seinem Italo-Original gemein. Das danach georderte Aqua Minerale war ähnlich temperiert wie die Viehtränken auf dem Parkplatz und vermutlich am Handwaschbecken der öffentlichen Toilette abgefüllt.

Aber dass beim Abendbüffet extra für ihn Original Spaghettinis an doppelt gebratenem Affenhintern und Kamelnierchen in Montepulcianosauce gereicht wurden, wusste Giuseppe Caldofredo dankbar zu schätzen.

Der am nächsten Morgen für 08.00 Uhr mitteuropäischer Zeit avisierte Ausflug ins Wildtierreservat konnte erst mit zwei Stunden Verspätung gestartet werden, weil ihr Führer Halef Omar (ohne Hadschi) nicht rechtzeitig aus dem Drogenrausch erwacht war. Aber er holte die versäumte Zeit mühelos per Vollgas über unzählige Sandschlaglöcher unterwegs wieder auf.

Mit besonderem Interesse registrierte Giuseppe, dass ein Wildhüter auf die biblische Schulung insbesondere bei Löwen hinwies. Missionare hätten über Jahre hinweg erreicht, dass diese Raubtiere sich teilweise menschliche Umgangsformen aneignen konnten. Seppe erhielt dafür auch kurz darauf ein praktisches Beispiel, als sich einer der offensichtlich hungrigen Löwenmännchen auf einen Teilnehmer der Ausflügler-Gruppe stürzte, diesen genießerisch zerfleischte und zu seiner Horde schleppte. Bevor diese mit ihrem grässlichen Mahl begannen, knieten sie sich hin, falteten die Pfoten und beteten.

Am Tag danach hatte ihm die Glücksfee wieder Halef Omar als versiertem Fahrer beschert; eine Safari-Tour mit Jeep zu einer Oase mitten in der Wüste stand auf dem Programm.

Selbstverständlich hatte Seppe für diesen Zweck eine kleinere Auswahl an Wechselkrawatten in ein eigens akkugekühltes Behältnis gepackt. Denn nie würde er unvollständig gekleidet auftreten und sei es auch nur auf einem Wüsten-Trip. Er würde aber auch nie einen seiner Halsumschlinger an eine andere Person abtreten.

Wenn ihm dies zu Hause in Pizzapiccola passiert wäre, hätte ihm sein Schwiegerpapa sofort einen Ersatz-Ferrari zur Verfügung gestellt. Aber eine Autopanne mitten in der Sahara? Auf jeden Fall schwächelte der Jeep von Halef Omar plötzlich oder besser gesagt, er gab mittels Motorschaden sämtliche Geister auf.

Als sie gerade Kriegsrat hielten, wie weit es wohl zu Fuß bis zu der Ziel-Oase sei und wie lange ihre Getränkevorräte bestenfalls reichen würden, tauchte ein total ausgelaugtes Männchen vor ihnen auf und flüsterte mit letzter Kraft: „Krawatte gefällig? Heute nur 50 Rubel."

Halef Omar scheuchte ihn mit einer Großen Außensichel in die imaginäre Ringecke und schrie: „Hau ab, du Schwachkopf! Was soll ich mit einer verdammten Krawatte mitten in der Wüste? Wir brauchen einen neuen Motor und sonst gar nichts!"

Es blieb für Seppe und Halef Omar keine Alternative als der Fußmarsch Richtung rettender Oase. Zum Glück hatten sie einen Kompass eingepackt. Nach drei Tagen voller Entbehrungen und totaler Erschöpfung war endlich die Rettung zum Greifen nahe. Keine Fata Morgana.

Sie standen vor dem Tor zur Oase. Ein Wächter in stilvoller Uniform hieß sie auf das herzlichste willkommen. Er winkte den Capitano wohlwollend durch. Halef Omar jedoch beschied er zu dessen großem Schrecken: „Tut mir leid für dich, aber ohne Krawatte darfst du hier nicht rein!"

Bisher von RUDI HANS BÖHRET
und unter seinem Pseudonym
FABIO MAROTTI erschienene Bücher

(auch als eBook):

Heiteres in Wort & Bild	vergriffen!
Besser vom Böhret gezeichnet als vom Leben	vergriffen!
Augen auf!	Restexemplare beim Autor
Deftig-derbe BauernSprüche	
Ene mene mu - und tot bist DU!	Krimi-Parodien
VIPikaturen in der Tasche sind `ne originelle Masche	Karikaturen-Band
Was, schon wieder Venedig?	Listige Reise-Reportagen
Es war kein Hexenschuss	Parodien auf Groschen- und Schnulzenromane
Tausche Krähenfuß gegen Lachfalte	Alltägliches - gereimt und ungereimt
Keine Gnade für Blondinen	Kriminalroman aus der Region
Liebe Grüße vom Humpelstilzchen	Skurrile Kurz-Krimis
Flotte Linse & kesse Lippe	Fotoband mit satirischen Untertiteln
gut abgehangen	Krimi-Parodien
Euch schaffe ich auch noch	Satire pur – aus allen Lebenslagen
Ene mene miste – und DU liegst in der Kiste!	Krimi-Parodien